谁曾路过春暖花开

字瑶惟　著

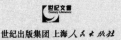

世纪文景
Century Literature

世纪出版集团 上海人民出版社

上海世纪文睿文化传播公司 出品

她一定不会告诉你，这些不靠谱的故事，都是在截稿前三晚才开始受精，孕育，临盆。统统都是。且阵痛时间难以计算。

这就注定了此枚作者难成大器。

难为她一口气写了十个故事，个个风情万种，个个不知所谓。笔下情怀远胜于情节，好像万里无云的天空漂浮着朵朵白云，漂亮极了，诡异极了。她津津乐道的是梦想和爱情，掰开了揉碎了剁成馅儿了，统统喂狗了。

白驹过隙，眉间已放一字宽，偶尔写一段人间风光。

她说，泰坦尼克号撞不到冰山，至尊宝用五百年忘了他的姑娘。

你都要原谅。

——李琬惜

目录

旧
年
纪
事

如陈彻说,郝平凡这一生做过的最好事情,就是没有辜负这个名字。

十年后她深以为然,以此作尾。

　　A　故事尚未开始,他们把前戏做足。

alone 是单独,lonely 是孤独。Long long alone, lonely。

讲台上,白色布鞋踱着水门汀地板,忽然停住,沈红日笑弯了腰,然后整了整眉目,说,好吧,其实这是个既不充分又不必要条件。你们都是理科班的尖子生,以后我说的话要是有逻辑错误,欢迎批评指正。

男生一下兴奋地吹起了口哨。郝平凡回头观望众生丑态。

以后座仁兄为首,个个面色含春,满目星星璀璨。

"啧啧",郝平凡朝着姚飞蔑视两声,正欲回首,他却猝然凑近,二人胸腔距离一桌之隔,一双头颅几乎追尾。姚飞以右手食指尖端挑起郝平凡一张路人脸,四目相瞪,末了也以"啧啧"回敬,仿佛看见一桩了不起的憾事。青春期的少年歹毒异常,平凡姑娘次次内伤。

杨美丽淡淡睨了一眼姚飞,复又低头看起了金庸巨著。

内地正在热播马景涛版的《倚天屠龙记》。

每天放学路上,杨美丽都会乐此不疲将人物关系图对郝平凡一一剧透。在她的世界中,周姑娘总是有苦难言,张教主又喜欢口是心非。最最可恨的,是那个聪明漂亮诡计多端的郡主平安到底,欢喜一世。

郝平凡向姚飞借书的时候,姚飞说,平凡啊平凡,别对杨美丽太好,这姑娘心思太重。

平凡默默叹口气。14岁的女孩因为相同的经历喜欢上一个人。14岁的男孩因为相同的经历厌恶一个人。

郝姑娘看得明白,左右为难。

　　B　她不曾想过一举成名或一夜暴富,

　　　　她只是羡慕飞上枝头变凤凰的雀。

班主任教语文,姓朱,绰号自然离不开十二生肖最末的那位。

但最令人惊艳的,莫过于灭绝猪尼的雅号。

一般情况下,像杨美丽这样严重偏科的学生是最令老师头疼的。多年后郝平凡在某档火爆全国的选秀节目上听到这样一则论调:如果你是一个木桶,那么无论由多少根高耸的竖木围成,只要有一根其短无比,你就是一个废桶。

由此可见,猪尼确实具有某种历史前瞻性,功力之深,实在不是年少的郝平凡能够为任何人抵挡。她语文第一,却对倒数第一的杨美丽感同身受。

而在沈红日身边誊写试卷分数的姚飞闻言,看了看杨美丽,故作深思,晃着爆满"相思豆"的脑门说,那就装点固体吧。

平凡走过去暗中踩住他的鞋跟,悄悄说,给小老师倒杯水呗。

一抬脚仁兄掉了只鞋子。沈红日蹙眉摇了摇头。

如果眼神能杀死人的话，郝平凡会在姚飞的目光下死了又死。可是为了人性牺牲异性的事，做起来要比拿两把尖刀插进自己肋骨容易得多，那年的平凡妞如是想着，自己喜欢的人和自己一样丢脸，杨姑娘就没那么难受了罢。

　　杨美丽站在暖气炉前，低着头，一语不发，如一只受伤的小兽。

　　更像是冬日里贴在玻璃窗上的薄薄水汽。那厢是骄阳媚如丝，她只是滴滴垂落的冷冽寒珠。见过上帝照耀尘世的光芒，亦见过被光芒照耀的尘世，然未有幸经历。

　　杨美丽慢慢走出办公室。她不是张无忌，没有九阳神功护体，做不到刀枪不入，百毒不侵。

　　然而，当沈红日略带沙哑的声音在另一角响起的时候，真应该替杨美丽感激造物主的仁慈，即使命运让人寒酸至此，无倾心之人，不得财富，更无世俗的绝美相貌，至少健康，有思想，年岁够轻，远离战乱饥荒。

　　她说，杨美丽，你的英语作文写得棒极了，句式优美，词法精准，完全跳出了中式思维，我把你的作品打出来给全年级做范文好么。

　　杨美丽回过头，捂住嘴巴。哦，她还有灼热的泪，和一颗鲜活跳动的心。

　　三天后的英语课上，分析完月考试卷，沈红日果然将杨美丽的作文打印出来给全班传阅。

　　杨美丽局促万分，手指搅动衣角，深垂着头。姚飞用圆珠笔戳了戳她的后背，竖起左手大拇指，姑娘你真棒，小老师总嫌弃我作文写得生硬，以后你教教俺，中不中。

杨美丽的心几乎要跳出胸膛，尚未开口，下课铃大作，姚飞一头冲向沈红日，一个劲地问，老师你的裙子在哪儿买的好漂亮哦老师你的头发怎么梳的显得好有气质哦老师你的项链好适合你的肤色哦老师……沈红日捂着脸跌跌撞撞逃出了教室。

放学时郝平凡做值日生，杨美丽留在教室做作业。笤帚扫到脚下的时候，杨美丽停下笔，望紧平凡的一双眼，轻声说，平凡，总有一天，我们可以让全世界仰望。

平凡的郝姑娘嘴角抽了抽，看见杨美丽政治书上的马克思图像，眼角抽了抽。

姚飞插着腰站在门口叫，平凡，你妈喊你回家吃饭。

回家路上，姚飞挠着脑门说，我跟小老师表白了，她说要跟我义结金兰啊哇靠。

C　你所以为的美丽邂逅只是一场再平凡不过的初识。

郝平凡第一次见到插班生陈彻时，想起一句久远的诗：与君初相识，犹如故人归。

他长得真不算好看，个子高，瘦，皮肤黑但很光洁。有北方男孩的利落与清爽。

灭绝猪尼汇报完他的个人简介后，姚飞的声音从后座传来，额滴个神呀，这小子是不是面瘫啊。

郝平凡回过头去狠狠剜了他一眼，鬼使神差地鼓起了掌。

三秒钟后前排同学回过头来看着她，她眼神示意：有朋自远方来，不应该鼓鼓掌吗。

十秒钟后全班仍旧只有平凡一人热烈欢迎。

二十秒后郝姑娘崩溃,面无表情地将手放下。全班哄堂大笑,灭绝猪尼和姚飞首度一统战线,鄙视之情不可抵挡,来来回回,前前后后。

陈彻忽然用拳抵住唇,微微颤抖,后终于笑出了声。他们分别的那一年,在众人瞩目的毕业典礼上,青春如七月流火,人群如宴后茶水,郝平凡在台上为一个人献歌。

歌声寥落又跑调。

　　在很久很久以前,你离开我,去远空翱翔。外面的世界很精彩,外面的世界很无奈。当你觉得外面的世界很精彩,我会在这里衷心地祝福你。

总有一个人会听着巴山夜雨,为她的少年剪下西窗烛。

她总是想起陈彻说,再见吧,多好的礼物,都比不上那年你一个人的掌声。

而这些,也都是后话。

作为姚飞的新任同桌,陈彻很快就与平凡美丽抱成团。他的祖籍在山东,家境一般,托了好大的关系才转到 A 市。因为是外乡人,陈彻的英语和成绩直线下滑的姚飞不相伯仲,沈红日无奈为他们单独开起了小灶。

而杨美丽,自作文事件后,对沈红日有着近乎神一般的信仰。

每日回到家先睡八小时,以此避开棋牌室的吵闹。杨美丽的父母在1997年金融危机时双双下岗,贫贱夫妻百事哀,为一顿蛋炒饭用三个鸡蛋还是四个鸡蛋砸碎厨房里所有的碗。后来生计难以维持,用自己的住家开了一个小型棋牌室。

郝平凡曾用无比艳羡的神情告诉美丽姑娘,她家里静得都能嗖嗖长成,你要珍惜啊珍惜。杨美丽愣了愣,而后抱住平凡,定下终身,我们做好朋友,我们一起努力。

半夜两点起床,杨美丽做完作业后,把所有的复习时间都给了英语,一个小时听力,加30道语法题,20个新词汇。六点洗漱出门,迎着朝阳奔跑。郝平凡在她的脸上看到了从未见过的神采,姚飞深有同感,说,那叫希望。

自然的,四个心怀鬼胎的人花光了所有的课余时间,围绕小老师学习蛮夷之语。姚飞不负众望,和陈彻轮流垫底。

杨美丽被任命为英语课代表后,执意要请众人吃饭。

从天而降的姚飞在教室门口把自己发射进来,一手抓住平凡,一手抓住陈彻,左看看,右看看,而后抱起杨美丽,"吧唧"亲了亲她的脸颊。杨美丽咽口唾沫,红了脸捂住"犯罪现场",吃惊地望着上蹿下跳的姚飞。

眼见四下无人,仁兄怒吼,小老师答应,一个月的时间,和朋友一样相处,和朋友一样相处的意思是什么? 就! 是! 谈! 朋! 友!

陈彻说,自以为是。

平凡说,自作多情。

陈彻说,指鹿为马。

平凡说,指桑骂槐。啊。

乱用成语,郝姑娘脑袋被敲了一记,忿忿不平。

陈彻说,断章取义。

平凡说,断袖之癖。啊。好像不对。

这边一个活在自己的世界中难以自拔,那厢二只活在别人的世界中不亦乐乎。

不知过了多久,杨美丽说,好,双喜临门。真好。

D 你以为精彩即将上演,却发现故事早已终结,
　　 亲爱的,有什么比这更遗憾。

一个星期以后,沈红日被匿名检举,内容是,作风不检。灭绝猪尼在校长办公室澄清,沈老师刚毕业,年纪轻,又照顾后进生,容易和学生混成片。

沉默站在门外偷听的姚飞问,平凡,我是不是害了小老师?

陈彻告诉过郝平凡,姚飞的英语一直很好,考试垫底就是为了多跟小老师接触。

平凡想了很久,问,你们男生是不是在这个年龄段总是对成熟貌美的年轻女性充满好奇心?

陈彻摸摸平凡的头,说,是,但是,姚飞是真的喜欢小老师,也许无关爱情。可现在谁也说不清,他会永远怀着愧疚,你不知道,愧疚是维持爱情的最好方式。

那么,愧疚是不是维持友情的最好方式呢?

如果是,平凡是不是会永远记得,有一个女孩子,长得不算好看,讨厌赵敏和张无忌,喜欢黄昏,爱看琼瑶剧,感激过一个英语老

师,努力当课代表,可她偏偏不让心尖上的少年得偿所愿,亲手毁掉自己的信仰与希望,以为无人知晓。还有一个男孩子,长得也不算好看,喜欢令狐冲和任盈盈,物理比化学好,最爱吃鸡毛菜,年少的时候爱慕一个比他大八岁的好老师,在他喝醉酒的时候会笑着调侃这段风花雪月的往事,眼角有晶莹的泪。

1997年的盛夏,跟随班主任家访的沈红日,在四壁落拓的家中,应了怎样的眼神或微笑,让姚飞有生之年都不忘记蓬荜生辉的美,恰逢这样偏执、愤怒、委屈的少年时光。

此生再无天时地利人和的迷信。

沈红日走后,没有过任何消息。平凡和姚飞留在冲刺班,陈彻和杨美丽则被分到一个平行班。

千禧年的迎新会上,舞台上有一张张年轻好看雀跃的脸。学校大庆,鼓励准毕业班学子争尽朝夕,为校荣光。

身后有人叫,语气轻柔缓和,郝平凡回过头去,看见杨美丽日益消瘦的脸。

她坐在平凡身边,说,陈彻打算高考一过就南下深圳打拼,无论高考结果如何。做得好会开一家小型的物流公司,他让我问你,愿意跟他去吗?

郝平凡继续看着舞台上的表演,咂咂嘴接话道,他脑子被门挤过了吧。你等一下,姚飞也要表演呢,我们一起看。

身边的人没有回声,平凡转过头去看杨美丽。杨美丽苦笑,你知道的,我根本读不下去,如果你不去,我会求他带我一起去,看一看,闯一闯,说不准真有一番作为。

郝平凡冷笑，怎么读不下去？小老师在的时候，你每天都像打了鸡血一样努力。

杨美丽忽然笑了起来，你知道吗，陈彻说，你肯定以为我们在开玩笑，可我们是认真的。总有一天，我会向你证明。

她将目光垂注到已经上场摆弄麦克风的姚飞身上，说，我们会向你们证明。

有好多话，杨美丽始终说不出口。她想说，平凡，谢谢你，在我最寂寞的时候，能够这样陪着我。她想说，我最大的遗憾，是我的未来，不能使你们深信。她想说，就算没有人在意，就算把良心喂狗吃，就算自己都唾弃自己，那也没有关系，过去的，只有未来才能拯救。有些事情我就是忍不住做了，那也只好不回头了。她甚至想说，你有你的错过，我有我的失去，瞧，我们深深眷恋的青春，不过如此。

当然，如果时光可以重来，郝姑娘会亲自把那个没有时代感没有发展观的平凡妞从深棕色的软椅上揪起来，大吼一句，跟着呀，你他妈非得这么对得起爹妈给的名吗？

尽管她知道那个平凡妞一定会翻着白眼装可怜地告诉她，怎么办，我不敢。连杨美丽的一无所有都没有，怎么置之死地而后生，怎么告诉辛苦在老家做活的父母，怎么告诉陈彻，我的少年，请你带我走。

然后28岁的郝平凡会抱抱十年前的自己，说一声，对不起呀，我这样辜负了你。

从那以后，到他们走之前，郝平凡都没有试图做过任何的挽留。

每一个人都有自己要走的道路,都有自己要做的选择。不盲从,因她不信。她双手奉上的祝福,是希望他们不要输得太惨。

岁月为证,18岁的郝平凡亲手推开了一次机遇,注定平凡一生。18岁的姚飞站在台上歇斯底里地唱着李克勤的《红日》,泪流满面,没有人知道原因。

如一帧一帧的黑白无声动画,那些纷扰静默的旧年时光,又像是女子皓腕下错过的一朵朵蓝莲。从此花开两朵,各表一枝。

E 要不是他成双去了天涯,她不会孤身留在海角。

高考后,郝平凡在一所二流学校读着三流专业。姚飞北上。

渐渐地,联络也少。

平凡真的没有想到,市场经济的兴起和电子商务的大潮让陈彻和杨美丽在深圳的物流界闯出一片天地。而彼时的郝平凡,眉目沉静,寡言微笑,看 A 市渔舟唱晚,吟赏烟霞,再不提梦想或爱情。

她总想起分别前的毕业旅行,他们在海南烧烤,吃海鲜,跳蚩尤部落的舞。而后听灭绝讲一讲天涯和海角的传说,各自违令。

猪尼说,天涯海角只能去一个地方,你们还年轻,不能把路走绝。

他们选在天涯拍了毕业照,晚上陈彻牵着她的手在海角遇见了班上所有的人。于是,她又想起一句久远的诗。

惟有别时今不忘,烟波疏雨过枫桥。

姚飞上大学后一直打听沈红日的去处,多年无果,终于放弃。

后与某全球 500 强企业高管之女订婚。

陈彻成为了娱乐界与财经界的新宠。

而杨美丽早已嫁做他人妇,在每天的忙碌工作后陪年幼的孩子写作业,早想不起昔日少年的模样。

这其中的种种辛酸,惊险,挣扎,愤怒,蜕变,都不再是郝平凡能看清明了的。

这太平盛世下,他们亲手上演了一场兵荒马乱的青春。原谅她并不作为任何一个主配角。

幸好,这一生还这样漫长,远远来得及找一份普通的工作,也许并不与专业对口;寻一个普通的良人,未必会在她 18 岁之时多看上一眼。放心吃喝,终老凡间。

世事该很好,你若尚在场。

如果不再计较还有那些无法弥补的事,未说出口的秘密,散落天涯的人。

谁曾路过春暖花开

One　你也曾有过这样卑微的童年吗？

18岁的时候，苏勒问我，哪一种感情值得让人一生怀念。

我看着他，咽下冰糖葫芦，连吞带嚼，说，您老能不能不要在殡仪馆这种地方跟我讨论这么文艺的话题。

苏勒瞄我一眼，点点头，听起程减奶奶的生平报告，神色郑重。五秒钟后他回过头，很愤怒地冲我吼，那你为什么在殡仪馆这种地方吃冰糖葫芦？！

我冷笑，决定下狠手，朝大厅一角戳了戳食指。

苏勒果然回头，程减正和一个二十来岁的男孩说话，姿态亲昵，笑容腼腆。

我凑在苏勒身边问，苏勒，这棺材里躺的不是她亲奶奶吧？

苏勒有点火，你也没比她好到哪儿去。话音未落，他起身离开了座位。

我耸耸肩，手里摆弄着冰糖葫芦的毛竹签，心里肯定，她确实不是我奶奶。

灵堂里的人进进出出，三教九流，个个衣冠楚楚，鞠躬，鞠躬，再鞠躬。照片里的老人和蔼地笑着，据说年轻时，她曾是上海滩名动一时的美女，父亲在杜月笙的手下做过事，也算得上出身豪门。名媛贵族下嫁程家，各大报馆争相描绘，实属旧时光里的一段锦绣良缘，风光旎事。

以上资料，尚未得证，均取材于第三方口述。总之，程减说起家族历史的时候，眉飞色舞得紧。

夏日的弄堂里,收音机里咿咿呀呀放着邓丽君的小调,等到蔷薇色的云层淡去,天空霎时转得宝蓝宝蓝,木楼的窗户外面,长竹竿收进来。等到吃完饭后,挨家挨户敞开门搬出竹椅乘凉。

"文化大革命"后,程减的势力也就渐渐减弱。所以程减每次说起往事,都会用"生不逢时"来作尾。弄堂里的老少爷们儿特别喜欢听粉雕玉琢的小程减说老大杜月笙。

我曾为此纳闷良久,一个卖生梨的男人,这主角从程减的嘴里说出怎么就这么传奇呢?

胡莱说,什么样的环境造就什么样的人物,程减将来注定大有噱头,而你我,撑死也就俩冲头。

我本就对程减毫不带感,一听胡莱对我这般诋毁,更是咬牙切齿,当即怒吼,你他娘的胡大莱,当初跟你穿一条开裆裤去偷柿子饼的可是我啊我啊我啊,睁大你的眼黑眼白看看清楚!胳膊肘不带你这么拐的。

胡莱笑得天花乱坠,哎呦,林想想,至于嘛,我就陈述一下事实。

事实的确证明,胡莱,我最好的朋友,是值得我为之去偷柿子饼的。

当天晚上,程减套好粉红色的衣裙,出了那幢小别墅,过了那条小马路,一进弄堂,就发现她的拥护者们早已齐刷刷倒戈。走近肇事者胡莱,恰好听见她那句"我叔叔的表舅的奶妈就是当年叱咤风云的黄金荣的小姨太"。

我一听,恨不得撞死在电线杆上。可胡莱是为了帮我出气才瞎掰的,虽然智商有限,情意无限,我只好配合着,沉默,低头,远走。

不知道黄金荣是不是有姨太太，不过他的姨太太永远不可能是一位奶妈。

事后，我将我最喜欢的喔喔奶糖尽数贡献给胡莱。

因为从那以后，程减再也没有依靠诛杜月笙九族也诛不到她的关系，来魅惑弄堂里的好少年。

苏勒说，林想想，你嫉妒程减。

Two　我也不知道，哪一年，一生，改变。

我在殡仪馆里，追忆似水年华。想到后来脊背发凉。

于是霍然站起，大步离开灵堂。苏勒此人，正在程减身边替她抹去鳄鱼的眼泪。

而世间事就是令人发指。

还差一步，就可以堂堂正正离开这么一个鬼地方，却迎面撞上一高个，结结实实，严丝合缝，五官都要贴在一个平面。

对方斯斯文文：走路看前面不看地面。

我原本心情欠佳，自然素质也欠佳，干脆豁出去，趁其不备，竖了竖中指就要溜开。对方一愣，实在低估了我的粗俗。这时，苏勒在百忙之中瞥见我的壮举，急忙跑到我身边，带着对程减的余温，轻声问怎么了。

我向来没骨气惯了，立刻丢盔弃甲，柔情回应：没事。临了，还不忘向被撞者投以微微一笑，以示诚意。

许何白当场石化。

程减说，何白，她是我的好朋友，林想想。

许何白略微点点头，伸出手，算是与我和解。在苏勒面前我也不能太小气，于是两手相握。就在风波平息之际，我私下向苏勒弱弱感慨了下，何许人也为何如此白痴！

不料对方耳目俱佳，这梁子，是注定要结下的。

许何白因程减奶奶特地回国。

程许两家乃世交，早年定下娃娃亲。此情报来源于为情所困，借酒浇愁的少年苏勒。

当时，胡莱戳着苏勒的脑门，指桑骂槐，你真出息，居然为情所困。天涯何处无芳草，何必单恋一枝花。真是林子大了什么鸟都有。想想，去，真情告白！

我踹了胡莱一脚，白你个头！

我们一起把苏勒扛回家。上海的深秋阴冷入骨，我死命勾着胡莱，为了发扬艰苦朴素的雷锋精神，胡莱将苏勒剩下的半瓶二锅头，统统倒入她的肥肠。

我躺在胡莱的床上看胡莱躺在地板上，她咯咯乱笑，表情夸张。然后，指着我的塌鼻子说，我妈妈要结婚了，你知道么，林想想。

我曾经问过我爸爸，为什么给我取这样一个名字。

爸爸说，因为我希望你这一生，做任何事情都要想一想，这样就能少走点弯路，少犯点错误，幸福唾手可得。

我一手抵着透明的有机玻璃，一手拿着电话听筒，忍着哭声说，好。

1982年，为了尚在襁褓中的我生活无忧，他跟着别人干起了倒买倒卖。多少人在低价的调拨物资市场和高价的自由市场之间牟取暴利，一夜暴富。可我的爸爸却因为商场险恶，人性凉薄被骗光所有家当。正值血气方刚的年纪，他实在气不过，与人争执，失手重伤了对方，公道讨不回却把自己一生都葬送在监狱里。

胡莱你看，这世道，何其忍心。

晚风吹进屋，冷得人瑟瑟发抖。苏勒说过，这世上最干净的东西就是冬日里的阳光和深秋里的晚风，搭配得刚刚好。我怅怅地想到一句词，世事一场大梦，人生几度秋凉。

苏轼一千年前就说过。

梦境光怪陆离，我看到很多人。弄堂里的阿姨用麦乳精和阿华田逗着小程减，妈妈关上门弯腰亲一亲我的小脸，男人拖着巨大行李箱穿过长廊，胡莱痴痴看着只好将父爱搁浅。苏勒呢？只有苏勒，不说难听的话，不丢坚硬的小石子。就是这样，童年的橡皮筋无处伸展，毽子上的羽毛乱窜，地上的房子一格格等着人们去踩，还有弄堂里弥漫着的晨雾，消化我们小小的悲哀。

一觉至晌午，阳光轻轻爆裂在空气中。

胡莱问，林想想，你是不是趁我睡觉的时候拿凶器敲了我柔弱的头，怎么贼疼贼疼的。我刷着牙，满嘴泡泡，问，你有头吗？

胡莱坐底反弹，打开衣橱，掏出两套连衣裙，说，把自己整得漂亮点，苏勒感情受挫，快快趁虚而入趁火打劫，末了又问，林想想，你有没有觉得自己挺贱的？

我嘴里含了口豆浆,吐也不是不吐也不是,最后照单全收。是,我最贱。

下了狭窄的木梯,许何白迎面走来。

我翻一翻白眼,装作看不见。擦身而过的时候,许何白微微侧了一下身子,接着胡莱的声音洞穿整条弄堂,林想想——祝你表白成功。

我金刚怒目,许何白回首轻轻一笑,我也祝你表白成功。

都他妈有病。

下午去图书馆查资料,和程减同行。胡莱说,这叫战略,知己知彼百战不殆。我诚实而羞涩地告诉她,醉翁之意在苏勒。

程减查阅的是《红楼梦》。我在旁随手抽一本书,目光紧盯情敌一页页翻动书页。程减确实好看,眉清目秀,像山水画里的景致,轻颦浅笑,像极红极一时的孟庭苇。

人比人气死人。胡莱说得好,有人生来如花似玉衣食富足,有人就是上帝一时心血来潮了一把,然后丢进滚滚红尘任他风里煎雨里炸。最惨的就是这俩人撞在一起,好的不会感到幸福,别人看着却无端痛苦。佛永远是跳出三界五行的,朝世人拈花微笑两手一摊,众生皆有众生相,啥事儿都不赖他还搞出个悲悯的表情来气人。

话粗理不粗。

苏勒来了,坐在程减身边看习题。高挑瘦净的少年,气息平和而安然。苏勒一直是温和的,以至于很长一段时间,我都用"一杯温吞水"向胡莱形容我对他的爱慕。某年某月,邻里小孩嘲笑我是劳改犯的女儿，上梁不正下梁歪。我扭头不理，眼泪不争气地掉下来。然后苏勒就跑过来，他蹲下轻声问，想想，什么事不痛快了？

很多年后，我和胡莱经常从租书店里花五毛钱借书，我沉湎金庸武侠，胡莱看福尔摩斯。数学课，老师在上面讲函数几何。我问胡莱，知道小龙女十六年后跟杨过讲的第一句话是什么？胡莱说，哪一个破绽惹你跳崖。我摇摇头，是过儿，什么事不痛快了。胡莱想了想，说，呦，难怪这出姐弟恋这么动人，小龙女情商是高，真够插人软肋。

真是的，王菲在唱，哪一年，让一生，改变。

我暗自纠结我的小儿女情怀，苏勒和程减相约回家。程减问，想想走吗？我摇摇头，各回各家，各找各妈。

苏勒半路杀了个回马枪，冲我莞尔一笑，想想，人和人的品位确实是有些差距的。说完，牵起程减的手走出图书馆。

云里雾里，不知所云，赫然瞧见封面上三个繁体大字：金瓶梅。脸一红，看四下无人，急忙塞回书架。

阿弥陀佛，我是好孩子，我很纯洁。

Three　我见你，或者不见你，你都会在那里。

周末，四脚朝天，躺在床上看梁羽生的《云海玉弓缘》。我一向对悲剧人物情有独钟，胡莱说我天生变态。我反驳，所谓悲剧就是把美好的东西撕毁给别人看，这是人性的丑陋，你懂吗？胡莱说，我懂。然后佯装端详我的脸，说了句，是挺悲剧的。

我问候她祖宗。

小说里，厉胜男咬着牙说，我自小就不相信命运，我想要的东西一定要拿到，我想办的事情一定要办到，即使是命中注定，我也一定要尽力挽回！合上书，我怅然若失地想，是不是每个人都曾以为自己斗得过天？

电话铃响，去接，对方迟迟不开口，我双手叉腰，卯足中气，大喊，出气，你给我出气。万籁俱寂。于是我吊儿郎当地拎起话筒，说不说，不说老子挂了。

那头终于传来声音：是我，许何白。

我"嗷"的一声惨叫。

收拾完自己准备赴约，从镜子里照照，满意地笑笑。妈妈走进来，吴侬软语叫一声想想，又说，快考试了，不要一直往外跑，收收心才好。

我"嗯"一声，走出低矮的平房。

阳光透过电线杆子间的缝隙照进来。年轻而怒放的生命，多少人固执地相信，只要有黑暗，总会有光明。

市中心的公园，耸立着参天白杨，这时的法国梧桐远不及十年后吃香。我踩着一斑一点的阳光，心情大好。人工湖边，程减拿着白脱面包，掰成细屑，一边往池子里丢，一边和身边男子说笑。我心情立马大不好。

许何白笑容猞魅，走到我身边，附耳，想想小朋友，心胸要开阔点呀。

妈妈的。你心胸开阔,你们全家都心胸开阔。

许何白摇了摇手里的麦当劳的可乐,自毁形象地问,喝吗? 我纠结着我的小眉头,说,你好恶心,然后拿过来猛吸了两口。许何白笑得意味深长。

群英荟萃后,程减提议去佘山。许何白很开心,说小海龟一别多年,分外想念妖娆河山之类的鬼话。我将那个意味深长的眼神毕恭毕敬还给了他。

不过,当这个小土鳖看到心目中分外妖娆的大好河山时,着实叹为观止了那么一下,他转身问程减,这是山?! 程减呵呵一笑,挽着苏勒一蹦一蹦登土丘去也。我笑得更猖狂了。许何白挺起脊背插起腰,俨然东北爷们儿要插秧。

所以说,圣人的话永远是正确的。当上帝关上一扇门,必定留一个墙角。当我遭受"所爱之人不爱我"的重创后,生活依旧妙趣无穷。

山行一半,遇大斜坡,苏勒是体育特长生,不费什么力,蹬一下就蹿了上去,转身扶住程减。许何白同学宛若人猿,蹬都没蹬就蹿了上去。我琢磨着苏勒会不会拉我一把,后想做人要现实,于是自己找了个平坦的角度,先将屁股拱上去再说。正当我"五体投地",许何白故作惊讶地问,想想,你怎么猴急猴急的? 正欲发飙,真气泄露,一声惨叫,四脚朝天。苏勒急忙跳下,将我从地上扶起,准确点说,是拽起来问,有没有伤到。我呲牙咧嘴,还行吧。苏勒放心地点点头。我当然不能说,我的屁股脱臼了。

而后,逆光而立的少年向我伸出手。山风吹起他的青色衬衣,额间刘海掠过上扬的眉梢。少年的手瘦长有力,骨节分明。异样的温热从手心传出,悸动着单薄凛冽的青春。

程减有些累了。定睛眺望高处的圣母大教堂,一时四人都说不出话。夏风浅浅吹过,天边残卷着夕阳红的云朵。苏勒扬声道,我们去天文台夜观星象吧。

程减从石凳上欢跃着蹦起来,好啊。想想你去吗?

我几乎是条件反射性地摇头。

苏勒皱眉问,为什么。我扬起脸,对上许何白淡淡的目光,回,屁股疼。

我没有撒谎,我确实屁股疼。但更为不安的,我想起了胡莱。

明天是胡莱母亲再婚的日子。

一个人乘上旅游巴士返程。

车子即将发动的时候,许何白同学坐在了我身边,问,想想,屁股疼吗? 我说,本来不疼了,被你这么一说,贼疼。他张嘴哈哈一笑,露出洁白的牙齿,然后,捋了捋我的头发。

掉了一地的鸡皮疙瘩。

路上两个小时的车程,我的嘴终于耐不住寂寞,用胳膊捅了捅身边的人。他拿下眼罩一脸狐疑地看着我,我说,小海龟,聊聊吧。

于是我磨磨舌尖,充分发挥我的八卦天赋,问题一箩筐。比如他爸爸是干什么的,妈妈芳龄几何,他在哪儿高就之类的。许何白明显觉得我很无聊,又戴上眼罩,把头靠在我的肩膀上装死尸。我极其不满意,耸开他的头,头又落下,几个回合之后我放弃。

然后,许何白说,我还在国外读硕士。我妈妈在我三岁的时候死了,爸爸娶了个美国女人,有一对混血弟弟和妹妹。弟弟没我好看,妹妹没你好看。

车子颠簸了一路,我把头转向了窗外,暮色四合,我再也没有说过一句话。

临别前,许何白朝我挥了挥手。黯淡的夜光投下,纤长的电缆线在地上拓出长长的影子,英俊挺拔的男子立在弄堂口的中央,说,林想想你知道么,其实我们都一样。

Four 　如果那个时候我们不曾相遇,那么这么这么多年
　　　　的落寞又会为谁绽放。亲爱的,还是你吗?

出乎意料,胡莱很平静。

一路风尘仆仆地赶到她家,她正在切黄瓜贴面膜。门楣上那个鲜红的喜字,像吐着芯子的毒蛇,刺痛我的双目。

在我的记忆里,胡莱的母亲是一个温和的女人,她对待胡莱的态度像对待尼克松,不冷不热,不卑不亢。胡莱说,我们一直这样客气地生活,我考上重点高中她点点头,我第一次抽烟她点点头,视彼此如空气。在我身上,她能看见那个男人,我有多恨那个男人她就有多恨我。将心比心,等量代换,躺着中枪。

第二天一早,鞭炮声噼里啪啦。阿姨妈妈们站立门口,有的怀抱小孩,有的嗑着瓜子,指指点点,评头论足,好似在看一场折子戏。满地碎红纸,弄堂口停下几辆桑塔纳婚车。可惜那天飘起小雨,算是有财有水,嘀嘀嗒嗒的雨声黏稠着胡莱的记忆。

她面无表情看着母亲小心翼翼提起白色婚纱裙摆走下狭窄木楼,透过阁楼上的窗户,她只能看着母亲的背影消失在弄堂口,就像多年前那个男人,决绝,冷漠,毫不留情。

胡莱说,她解脱了两个人,希望那个男人能帮助她彻底将我遗忘。

我没有告诉胡莱的是,女人一旦薄情起来,比男人更狠更快。更何况,她嫁的,是一个无良富商。

妈妈进来,问,西洋镜还没看好呢?

我回头,问,妈妈,你有没有想过改嫁?

她的脸色变得有几分狰狞,声音几乎吊高一个八度,想想,你爸爸为了我们牺牲了自己,你要永远记住,我们要留在原地等他。

我把头靠在生锈的铁门上,门帘无力垂落。我扬起嘴角,妈妈,外面的世界真精彩,我要去看一看。

我会离开的。

不知过了多久,弄堂里又恢复了往日的烟火喧嚣。

我下楼去找胡莱,可是看见许何白靠在楼道拐角的地方,低着头,默默抽烟,地上的烟蒂围了一圈。然后他扬起脸,年轻的,好看的脸,说,想想,我要回美国了。

如果说,许何白的离去会使我感到些许感伤,那么胡莱的失踪则彻底将我的世界搞成了一锅皮蛋粥。

我找她,拼命找,发了疯似地找。

高三课程令人窒息。我每天清晨在校门口等她,直到校门关闭才进去上课,我逃了所有的晚自习,把附近的酒吧公园大街小巷一一找遍。每天每处,可是都没有。

和我相依为命的朋友,悄无声息地离开了。

彻夜彻夜失眠,在我心里,有很不好的预感,我将失去生命中最重要的人。那种害怕,远远超过苏勒对我说,我只喜欢小减,对于你,只是哥哥对妹妹,以及,怜悯。

程减和苏勒表示担心,在胡莱失踪一个月后,我的成绩掉到了班级末尾。程减捏住我的手说,阿莱一定是去广州找她的爸爸,你干吗把自己搞成这样?

我挣脱她柔若无骨的手,悲凉地望着她,程减,她没有爸爸妈妈,她家庭不健全,身心不健康,我也是。怎么这么多年还不够你明白吗?你家人没和你说,不要和我们这种小孩处在一块?

果然,程减哭了。

苏勒心疼,将程减拉至身后,摆一个母鸡护小鸡的架势,对我这只老鹰说,想想,我知道你很难过,但是我们很关心你。现在是什么时候,临阵磨枪才要紧,考不上大学你怎么办?

我实在忍不住嗤笑,考不上大学怎么办?在你们眼里,考不上大学就世界末日了对吗?我告诉你,别说考不上大学,就是去死也没什么。

苏勒吃惊地望着我,他终于意识到,他从小护着爱着疼着宠着的小妹妹,已经死在了仇恨里。在无数个呼啸而过的黑夜里,她筑起铜墙铁壁,世故,冷漠,刀枪不入。

缓缓放开的手,再也提不起劲道。

可我哪还会在乎呢？

我只想知道胡莱在哪里。我痛恨自己的漠视，伤痛永远也不会平白消逝。

我站在那个宽敞明亮的新家里，慈爱的父亲和贤惠的母亲正忙着为小儿子夹菜，夸奖他默写一百分拿到了一朵小红花，我想，要是胡莱寻死，那顶顶不值。

胡莱的母亲听完话，很平静地点点头，说，我知道了。

仿佛我是电视里的新闻播报员，在报道一件跟她毫不相关的事情。倒是那个发福的中年男人走过来，询问我要不要报警。

我气疯了，也气炸了，岁月掺杂着太多的羞辱和愤恨在耳边撕心裂肺地呼喊着，我顺手不知道抄起什么东西狠狠砸了过去。

而后，那个价格不菲的古董花瓶就再也不会复原。像是有些人的心，因为太硬，所以经不起摔，一摔，就碎了。

一顿劈头盖脸的暴打。

我知道妈妈这一生最痛恨的地方就是警察局。所以我没有反抗，没有还嘴，没有讨饶。她打累了，停手了，也哭了。

她一直都懦弱，自卑，无能。将丈夫的失足归罪于自身和女儿。用道德约束自己，生活苦涩而贫乏，如同旧社会女子的一双裹脚。

代表着正义和公平的警察叔叔说，孩子要好好管教，防微杜渐。这次有人保她，以后可没那么幸运。

教导主任点头哈腰，说，一定记大过，全校批评教育，作深刻检讨和反思。

班主任是个上年纪的老头，见惯琐事和人生。他走过来，只拍拍我的肩膀说,什么都不要想,把高考考完。

我撇撇嘴很遗憾,由于我的缘故,他们的年终奖算是泡汤。

翌日,苏勒和程减冲到我家楼下。估计我的光荣事迹早就传遍了弄堂和学校,大抵是劳改犯的女儿深得劳改犯的基因之类。

程减红着眼睛,说,想想,你别难过,我永远都支持你。末了,还要添上一句,我们永远都支持你。

真是时时刻刻都不忘记给我添堵。

苏勒抱了抱我,说,想想,听我的,什么事情都有过去的一天。总会好的,都会有的。

我抬起头,看灰蒙蒙的天。远处飘来浅唱低吟,往事不要再提,人生已多风雨。

Five　上苍发出悲悯的目光,他说不可说,不可说,一说都是错。

半个月后,我再次看见许何白。没有太大变化,只在嘴角留着青青的胡碴。他说,我一直想来看看你。

我低头,嘟囔,没什么,习惯了。谢谢你托关系保释我。突然,我像是醍醐灌顶,一把拉住他的胳膊,你能不能帮我找胡莱?

出事以后,许何白对我说,想想,你知道吗?那天你拉着我,那样用力,那样迫切,就像是溺水的孩子终于抓住一根救命的浮萍。你的眼睛里充满了悲哀和决绝,于是我知道我将会是你唯一的希望。只要看过你当时的样子,就不会忍心拒绝你的任何要求。

不知道是不是真的因为杜月笙的关系,程减和许何白家的势力着实不能小觑。他们几乎拉动了半个上海滩的警力,有很长的一段时间,报纸上,电视上,甚至是弄堂里的电线杆子上,到处都是胡莱的寻人启事。

当然,人海茫茫。人生何处不相逢,大多数情况下还是一句瞎话。

我不知道许何白为什么没有离开。我并不觉得他是为了我,尽管程减煞费苦心地一再强调。

灰姑娘遇见王子,永远都是童话里的登峰造极。

苏勒打电话说,程减犯了心脏病。

我赶到病房门口,两个西装笔挺的男人戴黑色墨镜驻守门前。我摸摸鼻子,推门而入,隐约听见一个女人的啜泣声,是程减的母亲,她周身散发出贵太太的气质,雍容美丽。

她看到我,起身将我带回走廊。

想想,程减这孩子从小喜欢和你们玩,她太任性了。阿姨知道,你是个懂事的好孩子,但她的日常生活需要静养。你替我劝一劝她。我点点头,说,我知道的。她才转过身去,又像是不放心,回了回头,朝我浅浅一笑。

程减真的很委屈,眨眨眼睛就哭了。许何白也在。我走过去,说,苏勒,你的小心肝的小心肝又在折腾你的小心肝了啊。

程减破涕为笑。

十二月的冬季,候鸟成群掠过安详蓝天,飞往远方的远方。

谁也不知道,青春的河床下还能潜藏着怎样的激流。恰如这一生,还能怎样漫长。

程减的父母决定让程减跟随许何白留学,疗养。

闻言,我以为我会很高兴,可是我想起逆光而立的少年,向我伸过手。我很难过。我知道,我又在嫉妒。

所以我只能用理智告诉她,这是双喜临门的消息,万分正确的选择,无比光明的决策。苏勒和许何白都吃惊地望着我。我不理,开始演说他们耳中的强盗逻辑。

程减听完,陷入了长久沉默。雪白的床单映衬她姣好的面容,半晌,她摇一摇头,否决道,可是何白哥哥喜欢的人不是我,我喜欢的人也不是他。我们在一起是不会幸福的。

我说,不试一试怎么知道。况且,真爱都要深埋心底,裸露在光天化日下,注定香消玉殒,见光死。自然是钱途和前途比较重要。

苏勒吼了一声,林想想,你妈放屁! 我回敬,我妈一直在放屁。

然后他冲过来一把将我拽出病房。

林想想你什么心态啊? 苏勒冲我继续吼,你就是一个变态。

我理理被他弄乱的头发,说,我变态? 如果我变态我就不会说这些话。苏勒,你问问自己吧,你能带给她什么? 一无所有,你只是一个很孬很孬的种。苏勒被我激得失去理智,他拼命晃动我的双肩,你自己过得不好,就不允许别人开心,你有多讨厌程减,以为我不知道吗? 你和胡莱在她的饭盒里放毛毛虫,在她的椅子上敲图钉,你以为我们都不知道吗,别人都是傻子,所以心甘情愿被你们捉弄吗? 你只关心你自己,你只爱你自己,你和胡莱从彼此的悲惨中汲取安慰,你们这两个彻头彻尾的心理变态!

然后苏勒重重地倒在地上,我看到许何白握紧的拳,赤红的眼,愤怒的脸。

光线飞快地消失在空气中,每呼吸一次,生命就多一重钝痛,他们说孩子是上帝的恩宠。

是恩宠。

程减轻轻地走到我面前,姐姐,她叫我姐姐,她说,从小你和胡莱就看不起我,觉得我经历的没有你们多,我是温室里面的花朵。可是姐姐,每当我心脏病发作躺在这里的时候,我就会想,我算什么呢,我有幸福的家,有我喜欢的苏勒,可是你们什么都没有,却依然活得那么充实和努力。只要这样想,我就有勇气活下去,哪怕医生说我活不到四十岁,甚至更早,我都不在乎,我觉得我们在一起,从小在一起,每一天都该是幸福。

头顶是早早暗下的天空。浦江两岸,灯火辉煌。真的是深冬了。夜航的飞机,闪烁着固定的频率,汽笛声划破冗长的夜空,摆渡船穿梭在平缓的江面,撑起来来往往的人生。

想想,太冷了,回家吧。许何白将外衣披在我的身上,暖烘烘,气息温热。

他说,你别在意,在我心里,你就是个善良的好女孩。真的。

我笑了笑,白白的雾气很快消失不见。许何白,你尝试过用十年的时间嫉妒一个人吗?或者说,嫉妒你身边每一个比你幸福的人。所有的人,都笑话我和胡莱的身世,说物以类聚,狼狈为奸。苏勒说的对,我无可救药,我不相信任何感情。没人教过我怎么去爱,我又怎么会爱人呢?胡莱是我的玩伴,战友,同病相怜的知己,相依为命的亲人，没有她，我就是一个异类。因为不会有人陪我去一次公园，买一个气球，看一场电影，只陪我。我知道这些说出来很傻。

许何白说，想想，人生很难的。你要知道，你口中所说的大多数人都没有恶意，他们只是习惯冷眼旁观。如果你觉得老天没有顾及你，那一定是有太多比你更可怜的人。我父亲再娶的女人，也没有给我好脸色看，他们宠爱弟弟妹妹。在那个家里，我好像是多余的人。有很长的一段时间，我逃课，抽烟，酗酒，打架，仗着家里有钱和老师对骂，可是越到后来越觉得没意思，我爸爸只会给我钱替我摆平事情。我终于明白，人要为了自己活，为了将来活，努力善良地活。

那天晚上，我们聊了许多许多。像是两个迟暮的老者回忆自己的年少往事，什么布什克林顿自由女神像，邓小平改革开放澳门回归，能聊的都聊了。后来，他还花五毛钱，给我买了气球，精心挑选一个奥特曼的造型，说是弥补我这个弱智儿童的多年夙愿。

很多年以后，当我终于以一个局外人的眼光回首过往的年华，我终于相信，我们今日所遭受的种种磨难，都为日后的轨迹预定好了方向。换言之，我们遇见什么人，遭遇什么事，都事出有因，决不会平白无故经历这一场若梦浮生。

清晨，我等在苏勒的楼下。

见到我时，他明显怔愣，脚步都有些轻飘。日益分明的轮廓在昏暗的灯光下显出柔和好看的线条。苏勒大度地笑起来，揉一揉我的脑袋瓜，叫一声，坏丫头。

相逢一笑泯恩仇，时间一下子散场。

Six　还记得年少时的梦吗？像朵永远不凋零的花。

高考后。

那一个暑假，几乎是一道分水岭，将我们与过往狠狠隔离。因为终于可以长大，走出狭小的弄堂口，一步一步，铿锵有力。

苏勒没有为程减送行。

这确实让我万分，无比，极其诧异。第一次去机场，新奇又神奇，我自然好奇又惊奇，东张西望，探头探脑。胡莱说，母猩猩走进大观园也比你低调。

我不理，拉起程减的小手，像上了岁数的奶奶，千叮万嘱，要写信，要寄带香水味儿的明信片，要给我介绍外国帅哥。

胡莱脱胎换骨，沉稳许多。用苏勒的话讲，她是胡三思，我是林十三点。胡三思说，小减，去美国好好学习，好好养病，等咱七老八十了，继续给弄堂里的电线杆子抹黑，浪子回头金不换。

我忘记说，胡莱考上了一所大专读哲学。

其实我想说，原谅她没有逻辑的逻辑。

之后就是恶俗的拥抱。挥手。转身。过闸。

一眼万年，咫尺天涯。

当计程车驶离机场，湛蓝的薄暮上戳一架小小的飞机，在镶有银边的云层里若隐若现。大片的麦田和芦蒿轻轻舞动，那穿越天壁降临人间的光芒，是一次次劫后余生。

胡莱很安静地睡着了。

我知道有一个人，此刻正在弄堂里的阁楼上，扬起脸，微笑着祝福自己喜欢的女孩飞向大洋彼岸，只为更好的生活。哪怕彼此不舍,也决不互相牵绊。

青梅在,竹马来。终有一天,当激流过后,海,纳百川。生活平稳而富足。

记得吗? 18岁的时候,青涩的少年第一次面对冰冷的死亡。他问,哪一种感情值得让人一生怀念。

那么你还记得吗? 除了头顶辽阔的蓝穹,也曾有人笑着将万丈金光,穿过九曲羊肠,照亮过生命,许下了希望。

那么,亲爱的,你不来,我不老。

同样是此刻,许何白站在四角的天空下,平静地看向蓝天。他欢喜的女孩说,无论如何,我要你记住,只要抬头仰望,我们就可以看见同一片天空。

监狱里的生活很有规律,学习劳作两不误。

他最近在翻普鲁斯特的《追忆似水年华》,以及她最喜欢的《百年孤寂》。他忽然想,他少年时代也曾有过梦想,龙灯花鼓夜,长剑走天涯,只是后来都成了被岁月风干的花。索幸,从她的身上,他找到释怀的出口。

只有学会爱别人的人,才能更好地爱自己。女孩啊,你也终于明白了吗?

所以,那个晚上,他送回手持奥特曼的林想想。在昏暗的街口,看见酒醉的胡莱,以及身边的混混。胡莱想不起究竟发生了什么,只记得耳边尽是叫骂,嘶喊,扭打,有人用外衣盖住了她的头。昏迷前,她听到尖锐的惨叫划破静谧的夜空。

胡莱说,似乎就是从那一夜开始,她再没有看到上海的夜,有灿若星辰的模样。

Seven　我曾深深地深深地爱过你，因为爱你等于爱自己。

九月。天气聒噪得惹人厌烦。

沉默的月台上，过往人群不息。林想想拖着厚重的行李箱。她的心情很好，虽然送行的只有两人。她想，等她再度站到这里时，父亲也该出狱了。就在那一天，牵起许何白的手冲向民政局，霸王硬上弓。家有两个劳改分子，谁也别挤兑谁，未来的生活，可有得闹腾。

苏勒告诉她，胡莱的父亲从广州回来，特地给她添置了许多大学物件，当然，也特地和她妈妈以及那个满脸漏油的无良地产商大打出手了一番，惊动了民警。林想想很欣慰地点点头，说，少了我们，弄堂里还是活色生香啊。

拥抱过后，苏勒很不要脸地在她耳边低语，太平公主，你要多吃点木瓜。胡莱一阵狂笑，点头附议。闹了一会儿，林想想登上火车。她双手按住胸口，轻声告诉自己，记住这么幸福的时刻，有一天你老了，傻了，也不能忘记，曾经有过这么幸福的时刻。

火车在长笛声中缓缓启动。

胡莱终于忍不住，趴在苏勒身上号啕大哭。苏勒红着眼睛抱紧胡莱，说，我真害怕你忍不住告诉她。

胡莱抬起头，问，等她知道了，会不会怪我们？

苏勒摇摇头，再长大些吧。再长大些，我们就能更好地明白，生离死别，是人生的旋律，不是主题。等到那时候，我们就有勇气面对所有的一切。

　　远处的摊贩，已经叫卖起《新民晚报》。候车的行人无聊翻阅着，看到广告自然而然跳过。这个城市，每天都在上演不同的故事，那么多的人相遇或者错过，又有谁能记住这则法制专栏的报道：

　　"昨夜沪市监狱斗殴，一死三伤"下面有一行小字，"事件影响恶劣，有关部门正着手调查"。

　　没有人知道，这场斗殴事件原本并没有牵涉许何白。

　　只是他碰巧看见了被围殴的是一个林姓男子，只是他碰巧在林想想的皮夹中看到过一张全家福，只是他碰巧在制止的过程中被对方用利器刺穿了脾脏。命运呵。

　　又要深秋了，候鸟即将再度启程，年年岁岁，周而复始。

　　离开火车站，胡莱环望夜色下的上海，高城望断，灯火黄昏。

　　终有一天，我们会在这个世界的某一处再度遇见，只是相逢一笑，或者彼此拥抱，说你生的孩子长得没你好，我嫁的老公多么没有情调。

　　感谢时光这把刀。

陌上足风流

她爱过这样一个人,是劫也是缘,曲高和寡,一生绕梁。

2001 年

月当空,偶见星光,街道有热浪。

蒋冬樱一路小跑,高跟鞋崴了脚,索性赤足。2001 年 10 月 7 日 21 时 21 分,多少年以后,当这座城市的人因为 ATP 大师赛投掷千金之时,蒋冬樱会笑一笑,他们有过这样的岁月吗? 万人空巷,全民疯狂,爱得伤筋动骨,以为至死方休。

那一夜,谁会忘记?

沈阳五里河体育场,中国对阵阿曼,第 36 分钟,李铁左路 45 度传中,经李霄鹏、郝海东两次头球接力,顶替祁宏上场的于根伟门前抽射破门,直至终局 1:0 险胜阿曼,以 5 胜 1 平积 16 分的战绩稳居十强赛 B 组第一,提前两轮获得 2002 年韩日世界杯入场券。

沸腾吧,中国。

那是众口相传的奇谈,此一时,彼一时。23 岁的蒋冬樱在外企加班,上司金发碧眼,洋鬼子不通人情,她经年等待的画面,观摩未遂。甩手走人? 不不,尘满面,鬓如霜,蒋冬樱今非昔比,懂得为五斗米折腰。

她总以为她会为那一刻斋戒沐浴,双手合十,紧要关头切齿闭目,听身边人狂欢。那是她少女时代的痴梦,可有生之年,憾事总归顶顶多。

汽车鸣笛响彻全城3分钟不止,掌声惯耳不绝,喜极的市民蜂拥至街道广场,他们欢呼他们雀跃,彼此陌生又彼此相拥,男儿虎目含泪,银花火树的夜里,烟火亮如白昼,一霎时光尽褪。球迷穿睡衣举香槟,脱西服扔水瓶,摇红旗拉横幅,唱五星红旗,我为你骄傲,唱五星红旗,我为你自豪。

申城APEC会议将近,安保措施空前良好,交通仍然陷入瘫痪,蒋冬樱没有回家,她站在原地,浑然不知身在何处,将往哪方,只觉处处心安处处家。

翌日,蒋冬樱去附近网吧,人满为患,群情激昂,大家都在围看网络视频和国足新闻。她将各地报纸头条进行编辑,附上照片:沈阳市民敲锣打鼓歌唱祖国;首都球迷情聚天安门;津门父老欢呼"于根伟万岁,国足万岁";各高校的学子倒地长跪,眼泪流花油彩图案;香港人说,万水千山总关情。末尾,她将赛事做出文字详解,打印,定装,装入许久未开封的球报纸箱。

嗨,足球迷秦铮,这遥遥无期的一天迫在眉睫,你高兴么?

1999年

末日谣言满天飞。

物理系某男在宿舍楼下拦截蒋冬樱,替她打好开水。呵气成冰的夜,蒋冬樱无声而笑:"我不适合你。"

"我喜欢你,那是我的事,与你无关。"男生讷讷表白。

哈,秦铮,他一点也不像你,身高不够格,体型不够格,肤色不够格,全然不是我好的那一口。蒋冬樱是视觉动物,她习惯看着秦铮好看的脸,说一句"你本是男儿郎,又不是女娇娥",一万年也玩不厌。

秦铮不乐意,苦口婆心:"孩儿,你长大了之后,要提防男人骗你,越是好看的男人越会骗人。"是《倚天屠龙记》里的桥段。蒋冬樱撇撇嘴:"你皮相不错,可曾骗过我?"

秦铮噎。他哪舍得呢。

可他的姑娘只爱丁典,《连城诀》里的痴情大哥大,为爱生为爱死。秦铮不敢苟同:"堂堂男儿,怎可拘泥于区区情事?白白糟蹋了大好江山。"

蒋冬樱狂摇头:"恋人已死,岂可独活?这不符合主流审美。"她看他道,"你不想要这样的爱情?一生一世一双人?"

秦铮低下头,心想,要是有这样一个人,她死了,我大概会陪她去,可是我死了,我希望她能活。

蒋冬樱一眼看穿他的心事,笑:"谁被你喜欢上,真是幸福。"

某男垂首看着足尖。蒋冬樱无奈,瘦田无人耕,耕开有人争。她长相平凡,高、瘦,轮廓凌厉,宛如一条秋刀鱼,考京城 A 大,进了遍地美人的外文系,更是土得掉渣。

可她不知好歹,入校时在校报上发表长篇足球评论,字字珠玑,讨尽了一众球迷的欢心,封笔后"小女黄健翔"的名声仍响。追求者由此而来,他们都知道,这姑娘心气儿高,思路怪,不关心你爱不爱她,却只问:你最喜欢哪支球队?

德国,荷兰,巴西,AC 米兰,西班牙,英格兰,人气最高的中国和阿根廷,可她总不满意。一来二去,追求者开始打起退堂鼓。

答案是什么呢？蒋冬樱问自己。

"我是阿根廷队的球迷。我1990年开始喜欢足球，那场世界杯，阿根廷队淘汰掉巴西队以后，没有立即狂欢，而是在出口处排成一排，为巴西队送行，在每个巴西队员的脸上或肩上拍一下以示安慰，这就是足球精神。无论阿根廷遭遇怎样的非议，我都忘不了那一幕，太迷人。"

"这样啊……"蒋冬樱笑，点点头，"那就在一起吧。"

18岁的秦铮问她："樱桃，你想去哪个国度？"蒋冬樱脱口而出："生做中国人，死做中国魂。"少年哈哈大笑："真爱国，可这并不矛盾。世界大而美，总要出去看看，固步自封怎了得？你知道马拉多纳吗？"

阿根廷的球王，曾用"上帝之手"迷惑了裁判，曾在对阵英格兰队时连过五人，被称作足球史上的巅峰进球，在20世纪颠倒众生。

蒋冬樱对足球的认知，是秦铮手把手交出来的。规则，历史，球队，无一不脱胎于他。秦铮说，只要阿根廷人一喊"迭戈"，迭戈就会回到祖国将胜利奉上，若不然，他会抚慰他的同胞："是的，我和你们同样悲伤。"里巴斯·迭戈，他是信仰，是电，是火，是光，天生具有迷人气质。

秦铮的梦想是成为中国的马拉多纳，为国足力挽狂澜。而18岁的蒋冬樱，梦想和有情人做快乐事。他们本质相通，期待一场精神变革，引领一种精神潮流。秦铮说，足球是一种宗教，我们不缺信徒，只少了上帝。

上帝是什么？是制度。可少年人不信世间事别有洞天，他们守着米粒之国，当真相被挖出时，连上帝都要被否定。

"距离中国最远的国度，是阿根廷。小时候妈妈不让我出门，怕我闯祸，怕我犯病，把我一个人反锁在屋子里才去上班，我透过窗户看外面的天空，捂着心脏想，有朝一日，一定要去最远的远方。不管是哪儿。"

得不到，越想要。呵，秦铮。

1997 年

年末，蒋冬樱独自前往电影院看《泰坦尼克号》。

满座皆涕泪，她无动于衷。回寝室咬着钢笔给秦铮写信概括剧情：肉丝姑娘芳龄十七，和夹克先生相识于一艘中看不中用的大轮艇，日子不超过三天，画了一幅裸画，做了一次爱，而后她放弃一次次逃生机会，他以身相殉作尾。

是的，蒋冬樱承认，她值得他这么做，而他也确实这么做了。2012 年 4 月，它以 3D 版面貌重回荧屏，故事至尾声，她摘下 3D 眼镜，画面一如当年，世家小姐款步优雅，莲步生香地走进奢靡豪华，永不沉没的 Titanic 大厅，那个风华正茂的少年衣冠楚楚，他笑着向她伸出手，众人欣然鼓掌，华丽的水晶吊灯下，他们相拥热吻。

这是她们的梦。

蒋冬樱执著了多少年，她不明白 Rose 怎会另嫁他人，难道她不该此生致力于海事航运或机械制作？她如何能接受最终教她像男人一样岔开双腿骑马的男人不是他？她失去了他，是否怀念他？

每周一封信，永远没有回音。室友问："樱桃，你男友怎么不回你信?"

蒋冬樱头也不抬:"我没有恋爱。"

时间一久,她们更愿意相信,这位在寝室众人中各方面均不出众的蒋家姑娘,只是在自欺欺人。

她和她们争辩什么呢? 她没有底气告诉众人:是,我们相爱,却不相守,因为不知道他在哪儿,是否还在。

1997 年 11 月 12 日,中国在大连主场迎战科威特,1∶0 胜,可之前的一局生死战 2∶3 负于卡塔尔,只得小组第三,日本,韩国和沙特晋级,中国队第六次冲击世界杯失利。蒋冬樱在信中写,他们说这是国家历史上最强大的队伍,可输得连范志毅都哭了。你呢? 秦铮。大连金州是不相信眼泪的。

秦铮秦铮,铁骨铮铮,仿佛喊一喊,脊背都能挺得硬气点。

深沉的夜,北风裹着厚雪,一灯如豆。她被退回第一封信,邮局的印戳刺痛双目。

地址无效。

香山的枫叶几度飘红,蒋冬樱再也没有向南方的故乡写过信。

她痴迷吴承瑛,爱意浓稠烈如酒,海报挂满床头。五虎将之一,外号拼命三郎,抢断凶狠,防守一流,脾气古怪,英雄宝刀未老尚且失意,她的少年有理由遁逃。

1995 年

那一夜,申花球迷快活得死都瞑目。

众女生在寝室抱团,以学习委员带头向男楼喊:"几——比——

几——啦——"

男生围在收音机前听现场直播,一进球就齐声向对面女生汇报。

校门紧闭,学生会主席蒋冬樱跟着辅导员提手电筒在宿舍楼严防死守,广播放了一遍又一遍:稳定情绪,考试第一。

秦铮全寝室八人掩耳盗铃,伸腿一跃迈出危墙,另一脚荡在空中,生怕跳不好崴了脚踝,动作危险,姿势极为不雅。虹口体育场,真想飞奔过去。

"喂。"

他低下头,小家伙身板瘦瘦弱弱,两个撂倒一个不成问题,哎,可惜是个姑娘。

一堵墙,两个世界,那头尽是梦想和自由。这边只剩两个男孩,秦铮迅速原路而下,小声附耳他的伙伴:"你们先走,我掩护,我断后。"

蒋冬樱嗤笑他的个人英雄主义,故意放沉声音:"一个都不许溜。"

秦铮苦恼地挠挠头,见月黑风高夜,正是做坏事的时候。蒋冬樱回过神,身体已被秦铮抱进怀里耳鬓厮磨:"小樱桃,行行好。回头哥哥给你买糖吃。"

多好的月色,多好的少年,那颗心脏若是能一直雄而有力地跳动三五十载,她有什么不能答应?

"不行,你这儿受不了。"蒋冬樱戳戳他的胸膛。

她的声音阴冷,耳边有撕裂的秋风,秦铮乌黑幽亮的眸子熄灭了光。

别用这样的眼神看我，蒋冬樱想，她知道，她不是掌握杀伐大权的将军，他再坚持一会儿，就一会儿，她准会丢盔弃甲。

"好吧，听你的。"他也不是不委屈，"我已经很注意身体了，一年连球都没摸过几下。"

蒋冬樱是学校出名的尖子生，所有人都以为她做事规矩，埋头苦干，她装得好。上课看金庸古龙梁羽生，下课找人下五子棋，体育课打乒乓球，周末读新概念英语，梦想当一名外交家，搓搓普天下蛮夷的锐气，她有英雄情结，一腔爱国热情，还要等一个萧峰萧大侠，塞外牛羊许个约。

可命运不许她异想天开。中午吃完饭，捧着饭盒路过操场，转过脸看帅哥，"呼——"一声，蒋冬樱很镇定，她先取下眼镜看有没有损坏，因为上个礼拜爸爸下岗了，他说以后每一分钱都要花在血刃上，注意，是血刃。而后往鼻子下抹了一把，很好，也没有流血，她看看倒地的足球，想了想，不管了，转身欲走。

肇事者没见过这么不爱吭声的姑娘，比她还手足无措。

这哪儿是踢球啊，分明是泄欲，蒋冬樱想。她不知道秦铮是不同的，他太久没有上战场，技艺生疏，像一个饿太久的人，食不知味。力道角度都难揣摩。

高一将近结束，班主任要求期末考前一对一补差。男补男，女补女。可那一天，世界杯预选赛小组赛伊尔比德赛区第三轮，中国队耻辱地败给也门，早早淘汰出局，班长心力交瘁，将秦铮托付给了蒋冬樱。

活不难干。蒋冬樱知道，他们住在一个棚户区，贫民窟的孩子，英雄惜英雄。

可这门怎么也敲不下去。里头动静很大，有足球评论员在讲解赛事，说国家队出征前，刚刚就任国奥队主教练的戚务生对记者说"我们不喜欢和弱队比赛，我们喜欢和强队交手"。蒋冬樱失笑，又是一个球迷，她真不明白一颗球怎么会让全国人民疯狂，况且它的前身不是起源于本土的蹴鞠么？打成这样真丢人。

这门还是敲不下去，播音员的声音戛然而止，尖锐的女声传来，像指甲划过瓷器的声音："这破球有什么了不起的？你的破身板能上场踢吗？你爸号称足球教练，不好好踢球，倒跟着人家女球迷跑了，中国足球还会有希望？早完了。你也完了。"

哦，真劲爆。

门开了。两人照面均是一愣，秦铮低下头，蒋冬樱抿抿嘴，没有一点客套："我都听到了，我不会说出去的。"

房间逼仄，比蒋冬樱家还小，但整洁，看得出来女主人操持有道。秦铮的床头放一本《镜花缘》和最新的《足球世界》。

她单刀直入："你看得明白？"

"缘是镜中花，留在镜中死。"

我的老天，蒋冬樱扶额，这就是传说中成绩倒数的匪类秦铮？

他看懂她的惊诧，替她解惑："知识只是信息，感悟力却是智慧，我不过输在信息匮乏，智慧那是大大滴有！"

就是这样的笑意，怎么会出现在普遍晚熟的少年眼中？蒋冬樱叹气："溜出去也可以，不过，捎上我。"

少年原地满血复活。

秦铮跃过墙头，身手敏捷，一点不像体育免修的病弱书生。他伸出双臂，轻声哄："樱桃，跳吧，有我呢。再不跳我的徐根宝和吴承瑛可就都走啦。"

月上柳梢头，18岁的姑娘，撅起嘴，卧趴在墙头。她能向月亮许什么愿呢？一愿世清平，二愿身强健，三愿临老头，数与君相见？

申花3∶1战胜泰山，提前两轮夺冠，举城娇宠，鞭炮响了一夜。他们加入体育场外市民自发的狂欢队伍，球迷友好地递来啤酒罐头，喷彩带，吹喇叭，尖叫呐喊，手舞足蹈。男生将蒋冬樱抛向空中，一次一次，乐此不疲，发誓一生追随申花。

浑然不知，决然不信，2003年的蒋冬樱坐在前排看台玩手机，不似周边人。

直至下半场38分，10号郑智为健力宝队再添一球，深圳体育馆爆发持续喝彩声。蒋冬樱拢了拢眉头，抬头看计分牌，申花0∶4落后。下半场41分，11号佩特点球进门，申花球迷沸腾，哨声划一，锣鼓震天响。将双手食指插进耳洞，不闻不问，26岁的蒋冬樱对生活彻底丧失了血性。

她爱的球队早就死在了上个世纪。谁赔她再一个万人空巷的甲A时代，仰头灌一口有小麦香的去冰纯生酒，下一叠荟条花生米，有积食的风险，可痛快。

由于上海国际0∶2负于天津康师傅队，按照积分榜排名，申花再度获胜。时光距1995年相离八载。

美人迟暮，唢呐消音，锣鼓破皮，胜，争如不胜。幸好幸好，蒋冬樱暗自抚胸。她仰慕的拼命三郎早已退场，无需面对这样的难堪。

是年,甲A将被中超取代,申花赢了最后一届冠军,秦铮呵,不要欢喜,不要遗憾。

1996 年

顾城说,使我们相恋的,是共同的痛苦,而不是狂欢。

种种种种,他们势必要相爱的。

蒋冬樱只是好奇,命运会以何种方式棒打鸳鸯,呜呼哀哉。高三,历史生蒋冬樱埋头苦学,为将来铺黄金大道。除去秦铮在医院的日子,他们相处二载有余,天可怜见,足够余生回味。她曾想秦铮陪伴,秦铮左右为难。他是心眼老实的孩子,一张脸苦兮兮地对着她:"不读文科,不把有限的生命浪费在无限的过去中。"

好。世人多不易,怎舍得随便忤逆他人和自己?

回家的路上,蒋冬樱的手裹在秦铮的手里,暖暖的,麻麻的,捂一会儿就热。和常年做家务有关,秦铮的身体不好,他要学会照顾自己。

少年是一朵奇葩,一边裹住蒋冬樱的小手,一边小跑,活像一只炸毛的鹌鹑。

秦铮说,国足兴旺,匹夫有责。1996 年,亚洲杯万众瞩目,赛前教练戚务生对国脚们实行残酷训练,训练量高达 3 万米,只有谢晖、吴承瑛等能够承受。好吧,秦铮意思意思,也只有 300 米不带喘。

蒋冬樱口述赛事,恰好是第二场大胜叙利亚:"马明宇进了一个世界波啊,行进中远射,都一屁股坐到地上去了,还不忘举起双手庆祝,随后黎兵一个近距离头球,他和希特勒一样老土,高兴起来也就举个手伸个手指。"

蒋冬樱比划给秦铮看。秦铮很注意身体,他不会看任何比赛的直播,心脏受不住,蒋冬樱告诉他比赛结果和关键点,他回去自动脑补,再看新闻重播。

有一次,蒋冬樱去他家,看到他用步步高复读机录好了赛事转播,一边听一边用围棋摆阵。她忍不住问他:"秦铮,你怎么不恨足球?你永远得不到它。"

"我告诉你一个秘密。"他眯了眯眼,"我爸爸根本不是什么足球教练,他就是自己喜欢,一直去球场看球员训练,说些自己的见解,和一个专业教练混熟了,教练工作的时候我爸爸就跟在旁边。别人不知道,我们还能不晓得?我妈妈说他不务正业,在家里当甩手掌柜,一见面就对他没好脸色。"

"那你是支持你爸抛妻弃子啦?"蒋冬樱气得跳起脚来。

"没这么说,脑细胞有限,不想这种问题。"秦铮一本正经,"起初他们感情还是不错的,后来我爸迷上了足球,我又被查出来有病,他们互相责怪,就开始闹了。"

"我也是,我妈迷上了彩票幻想发大财,我爸是个一毛不拔的铁公鸡,我妈就把我爸辛苦凑来给我买钢琴的钱都卷跑了。"蒋冬樱悻悻说,"不说不知道,世界真奇妙。"

"真是双漂亮的手。"秦铮看着她的十指,"以后找个有钱的男人生个健康的宝宝,宝宝长大了让他学。"

过了一会儿,蒋冬樱问:"秦铮,你能活多久?"

秦铮知道自己又说错话了,摸摸她的脑袋:"人活多久算久,我早看开啦!先活过 20 岁再说吧。医生说我心态不错,身体机能不算差,也许可以活得久一点。30? 40? 不知道。"

"那我们能在一起吗?"

秦铮摇摇头:"我有自己设定的人生。你看我进了高中连书都不想念啦,没劲,以前为了妈妈做什么都行,现在想为自己活一场。"

"你是我见过的最孝顺最乖巧最博学最温柔的男孩。"蒋冬樱肯定。

"哈哈。"秦铮兴高采烈,"还是最短命的。"

"你去死。"

"月亮会和六便士说晚安吗?"秦铮问,"樱桃,和我说声晚安。那是我最喜欢的毛姆的小说。"

"秦铮,你才是我的月亮。"

九月授衣,是离别的季节。

"去北京好好读书,别给我打电话,别给我写信,别想着我。我会去很远的地方旅行,找到一个富婆就倒插门了,你找不到我。"他将箱子递给她。

"秦铮,你能去哪儿呢?"蒋冬樱流泪了,"中国还没有进世界杯,你不能走。"

"樱桃,知道为什么我爸爸那么喜欢足球吗? 他告诉过我,1982年,中国足球队第一次出征,就差那么一点点,没去成西班牙,容志行,沈祥福成为无数中国人的励志偶像。在我爸对生活失望透顶的时候,还能这样喜欢一件事情,就像青春可以重头来过。他说足球带着中国人在狂奔。就是这句话,让我原谅他了,其实我爸觉悟还是可以的。樱桃,以后你嫁人,第一看身体,第二看志向,第三看家境,我不是教你腐败,女孩要人疼,太穷太穷的不能要,要啥没啥,连生个病都不能好好看。"

"穷人家的孩子知道怎么疼人。"蒋冬樱也固执,"秦铮,我不会忘掉你的,一辈子都记得。"

90分钟或120分钟,直到最后一刻,蒋冬樱都在期待奇迹。这是她的足球精神。

"你还是会死的吧?"

他亲亲她的脸颊:"生命过分美丽,国足不死,秦铮不死。"

1998 年

蒋冬樱大二,太久没有梦见秦铮。

她努力念书,强身健体,每天喝一碗桂圆八宝粥补气血。1998年世界杯与中国无缘,除却阿根廷队,蒋冬樱失去了观看的兴致。

她从来不会欺骗自己,项庄舞剑,志在沛公,作为一个地地道道的伪球迷,太清楚所求。

可那一场英阿世纪大战实在经典。凭借校刊体坛专栏积攒的人气,蒋冬樱在学长的带领下顺利摸黑进入男生宿舍楼。

每个房间都像一条下水道。臭衣服、臭袜子、臭球鞋、方便面、矿泉水瓶、苏打饼干、薯片、汽水,这些都不是重点。重点是所有的楼层如出一辙,走廊两头,各有一批男生围坐在一台二手电视机前。

"怎么样,没骗你吧。还有不少人翻墙去录像厅了。"学长贼得两眼放光。

蒋冬樱叹为观止:"天啊,你们怎么办到的?"

方法很简单,理科生的智慧无穷,从公共厕所的长明灯上拉出一根电线即可。

蒋冬樱抚掌大笑。

开场不到十分钟,丹麦主裁就各判双方一个点球。学长将她扯远点人群:"小心巴蒂和希勒的粉丝打起来,他们疯狂着呢,夜夜笙歌打群架。"

蒋冬樱回头看,走廊的另一头已有不少人对月亮光着膀子嚎,男生抑制情绪的本领实在不高。年仅 19 岁的小将欧文技惊四座,看得蒋冬樱两眼冒星光,果然,他以奇快的速度过掉最后上来封堵的阿亚拉,抽射入网,为英格兰 2∶1 反超比分。

上半场进入补时,洛佩斯在禁区前沿被坎贝尔放倒,阿根廷获得任意球。巴蒂跑动做出大力射门动作,巫师贝隆假射真传,将球平推入禁区,萨内蒂突然从英格兰队的人墙窜出,停球转身射门,动作一气呵成,"千古英雄!"蒋冬樱大叫。比分 2∶2 平。

下半场风云突变,裁判因为西蒙尼的倒地对贝克汉姆掏出红牌,场面失控。"哐——"男生楼沸腾了,疯狂的怒吼席卷所有楼道,也不知谁先敲碎了第一只酒瓶,整幢楼都要裂开。

直到点球大赛双方比分追平,命悬一线的关头,"啪",整个楼道一片黑暗,只听得到电视机的"呲呲"回声。

楼区发出暴怒,脸盆、热水瓶、玻璃杯、啤酒罐倾盆而下,碎裂声不绝于耳,简直地动山摇。

"天哪,肯定是保险丝烧坏了。"学长揪着头发吼。

黑暗中,蒋冬樱无声而笑。

这才是她想要的。开局惊心动魄,过程惊心动魄,那么,高潮作尾就好。

秦铮,再也没有比它更负盛名和争议的比赛了,连结局都正中下怀。

大二下,蒋冬樱辅修了西班牙语,无论多少年过去,她都会固执地回答:"我喜欢阿根廷。"

喜欢阿根廷的什么?喜欢喜欢阿根廷的少年罢了。

她幻想秦铮正在体育馆里嚼着牛肉干看球,赛后走上街喝一杯马黛茶。咖啡厅前的赛波花灿若红霞,火辣香艳的美人朝他跳起了一支 milonga。

校报主编请她出山,就中国"十强赛"和新一届甲 A 写一篇评论。蒋冬樱婉拒。

教练走马灯似地换,训练质量下降,球员技能瓶颈,这些大家都能看到,可看不到的呢?池子里的水又黑又深,她说不出希望。可蒋冬樱为人护短,那是她秘而不宣的私心,爱之所爱,一定得以幸存并长存。

2000 年

千禧年到,末日谣言不攻自破。

物理某男向她提出分手:"我不想当别人的影子。"蒋冬樱皱眉,她不喜欢男生说酸话,因为秦铮说那样显得特别不爷们儿。

"什么是爷们儿呢?"她皱眉问他。

"爷们儿啊,爷们儿生不带来,死不带去,是一种气质。没有人

058

知道他如何从江湖来,也没有人知道他如何从江湖去。"

哦,浪子英雄嘛,她成全。蒋冬樱不是一个难说话的人。

"可万花丛中过,片叶不沾身,没有人有这样的过球技术啊,连马拉多纳都做不到,你凭什么?"她却喜欢刻薄他。

奈何秦铮顾左右而言他的本事登峰造极:"樱桃你长得挺不错,就是鼻子有点塌,是被我踢坏的吗?"

蒋冬樱正要发作,他的头已经埋在她的颈窝里,像一只慵懒的猫:"那一天,是我的生日。每年生日,我都会奖励自己,去踢一会儿球。"

他怕那一脚踢伤了她,赶紧跑去看,脸色比蒋冬樱还白。可这姑娘煞是有趣,眼镜没坏,鼻血没留,OK,走人。这样不哭不闹,不骄不躁,爱惜财产甚于爱惜生命,因为什么? 对生活比他还绝望么?

"我一看你的眼睛就知道,是我族类,其心可悯。可你比我幸运,你有这么长远的未来,你可以看吴承瑛退伍,你可以去阿根廷,你可以等中国踢进世界杯,那一定不是奇迹。"

是的,只不过蒋冬樱再不会遇见第二个秦铮,教学相长,冷暖互知,每一句话都带着刀子戳进心窝,将腐肉挖出,下手狠辣。

他们从不诉苦,即便言及生死,秦铮依旧一派乐天坦然。可都知道彼此生活不易,在食物链底层挣扎的小虾米,寄望别人的双腿跑出明天。

这有什么不好,她于他手重塑金身,前方是畅快的阳关道,再找一个可靠的人将这一生有滋有味地过,未老不还乡。

秦铮,世人喜好以各种名义辞旧迎新,要忘记你,这恰是一个绝妙的当口。

蒋冬樱心怀慈悲,相信国足如同相信明天,她的少年将信仰植入她的骨血,赐她一身希望,命她一生坚强,不可辜负。

　　因而蒋冬樱不信,无技,无能,无力,无法,无心,十足一场滑稽戏,会是中国踢进世界杯的终局,惨败如魔咒。因而蒋冬樱不信,假球,赌球,黑哨,内幕,分赃,十足一个销金窟,会是甲 A 十年的陌路,而后仍有中超崛起。

　　即便是,那也是很久以后的事情。她要吃尽长情的亏。

　　嗨,秦铮,洋鬼子米卢来了,我看好他。

山川载不动太多悲哀

陈小川再没有遇见过一个人，将一纸情书抵在她的唇上，俯身细吻。

One　岁月长　衣衫薄

上世纪 80 年代末，陈小川的父亲陈柏君南下深圳，在一家香港人注资的公司从事编程工作。彼时电脑尚未普及，IT 工作者仅在少数一线城市存有发展机遇。

陈柏君一身技艺，运气不赖，寄回家的工资数额让陈小川的后妈冯美娟甘心做起了王宝钏，苦守寒窑，一心一意照顾继女。

学生时代的陈小川功课出众，全市数学竞赛二等奖，写一手正气的文章。课余时间在校广播电台做主持人，念席慕容的诗，唱陈慧娴的歌。

她有一副极好的嗓子，幼年时练过花腔。

周小山对陈小川说："你有一种令同性无法嫉妒的美。"陈小川呆了呆，问："这是什么美？"周小山答："就是算不得美的美。"陈小川撇起嘴，不乐意了："嫌我不漂亮直说嘛。"周小山笑弯了腰。

不引人嫉妒，何尝不是一种美德。

1991 年中考前，陈小川一意孤行报考临江艺术团，气得班主任汇报上级，请求教导主任出面对其做思想工作。

彼时刚有身孕的冯美娟走进办公室，十指刚刚涂完玫红色的亮甲油，长发烫成缱绻浓密的细浪。她对众人说："我女儿从小的梦想就是上舞台表演，考试作什么用，好好的小孩读书读得呆头呆脑。"

陈小川站在门外静静地听，薄暮的光将女孩的轮廓拓在学校半白半绿的墙壁上，呈出好看的剪影。是初夏的傍晚，校园脱离白日的喧嚣，叶稍微微蜷起的香樟片滤过热浪潮风。有三三两两的学生在球架下练三步上篮，或在跑道上进行 800 米耐力跑预测。若他们看到那个双手合十，臻首微微扬起的姑娘，势必以为她正对未卜的人生祈福。

无人知道陈小川这样是在满心�然地向故去的母亲忏悔。以爱之名，打破原有的平稳人生，辜负众人的常年期待，作茧自缚。

九月初开学。临江作为国内知名的艺术团校，该有的体制规章一样不差。注册，签到，分寝。而后体检，军训，上课。

陈小川是声乐系的，每日早起到小湖边吊嗓子练唱，吃食极小心，戒辛辣，避油炸，生活严厉如同传达室老伯。

而周小山选择的专业偏向文学创作，他说："川子，总有一天，我要让我们的故事家喻户晓，迈向好莱坞，冲出亚马逊，请最大牌的导演，电影名字都想好了，叫《山川相逢》，咱本色出演，你说好不好？"

陈小川受不了地翻翻白眼，嘟哝道："多大点事儿啊，老古人一句话就结了：郎骑竹马来，绕床弄青梅。还拍电影，你想经历一段十年生死两茫茫么？"

周小山挤挤好看的眉头，正色道："虽说是嫁鸡随鸡，但小川为了小山这么不务正业，把小川妈妈的遗愿都辜负了，小山怎么能忘记呢？"

陈小川的眼眶渐渐红了，周小山见状，手足无措地将他的姑娘拥紧,摸摸她的头发,柔声道:"小川,我们会站在马德里的皇家歌剧院,向全世界展现中国传统戏曲,这是从我爷爷起,一家三代人的梦想,现在我把它送给你,我们一起努力,舞殿暖袖,倾倒众生。"

这样声势浩荡的梦,他送给了她。可小山忘记问小川,你想不想要。

陈小川很少回家。冯美娟难产三天三夜,为陈柏君生下一个男孩,九死一生。陈柏君再也安不下心思留在深圳,辞职回上海,为儿子取名陈小洋。周小山听闻后,笑着对台上正纠结台词的姑娘说:"小川,你弱爆了。"

陈小川一手叉着腰,一手将台词本抵着下巴,在舞台上来回踱着步,一本正经道:"爸爸说,川流不息,'川'字取'不息'之意,他希望我能勇往直前。我一直以为小宝宝会叫陈小流的。"

宋青荷在一旁笑得岔气。

周小山的笑容消失了,不满道:"明明是你爸爸说咱们两家订娃娃亲,我叫小山,你才叫小川的。"

陈小川抡起胳膊朝台下人做殴打状:"屁嘞。"

"陈小川——"系主任被无视了许久,终于发话,"谁准你说粗话?!回头唱十遍《我的太阳》。阿荷监督。"

"噢——不!"宋青荷苦恼地抓了抓头发,"她会把帕瓦罗蒂唱得气死的。"

陈小川见好友果真一脸苦相地瞪着她,气得把头别过去,又瞥见系主任和周小山眉来眼去地暗笑,直接暴走。

20 世纪 90 年代过后，舞台戏剧逐渐遭遇瓶颈，众多团体树倒猢狲散，市场上各色新兴文化崛起。愈来愈多的人专注于海外移民、沪深指数、四大天王。面对传统艺术体制改革，老祖宗世代传承而下的精华，正遭遇着时代的残忍考验。

周小山的家庭在文艺界略有声名，他的爷爷周自横为杜月笙唱过戏，还曾与"冬皇"同台，虽然只有一次，跑龙套角色，念两句唱词。"文革"后几经跌宕，失去了往日生气，转而研究戏剧改革，自成一派。他痴迷中国元曲，将关汉卿、马致远、郑光祖、白朴等的作品研读了个通透，立志发扬传统文化，与国际接轨。

周小山受其家训，满腹诗书，心比天高。但到底沐浴到了改革开放的春风，带着陈小川没少吃肯德基麦当劳、玩小霸王游戏机、穿耐克运动鞋、听四大天王和 Beyond，去迪厅唱歌，头发用摩丝擦得锃亮，一开口就是"今天我，寒夜里看雪飘过"。

陈小川喜欢听他说古人的风流逸事，红袖添香，素口蛮腰，青春期的男孩语气不屑，又难掩一脸的神往。配合着年深日久的字词，夜夜夜夜，陈小川沦陷。

她的男孩这样出众，站在万人中央，一身磊落和风华。

离校前的小川，未经太多风霜，生活平安而满足。与周小山一起，同居长干里，两小无嫌猜。可是可是，燕雀焉知鸿鹄之志，她的少年，是要发光发亮的。周小山向往的世界，有鹏程万里的远，夏虫不可语冰。

所以周小山报考临江艺术团，陈小川便随他去了。虽然她只会当乖巧上进的好学生，本分地坐在课堂里写下满满的笔记，努力被所有老师和同学喜欢。

作业和考试是无止境的,可她心安。

陈柏君离家前,将女儿托付给了周家,那仍要追溯到上一辈。"文革"期间,陈小川的爷爷帮助过周自横,此中深意二老均对小辈缄默,但交情确实斐然。

陈小川的生母不满丈夫陈柏君在女儿出生时私定娃娃亲,苦于农村出身,没有气场多言。在陈小川的印象中,妈妈是一个温婉剔透的女子,有一双灵巧的手,会给父女二人织好看的毛衣。这个仅有小学文凭的女人,对女儿最大的希冀,是要知书、达理。

陈小川忘不掉病笃的母亲拉着陈柏君的手,反反复复呢喃:"婊子无情,戏子无义。"

那是她听过妈妈说的最难听的话。

可陈小川不信。每个人都以为自己会过上与众不同的生活,爱上与众不同的人,所有的泯然众人,劳燕分飞,都是他人的结局。

Two　千堆雪　长安街

1994 年,三位新人羽翼渐丰,成为临江艺术团的台柱。

宋青荷肤白貌美,一颦一笑的动人初现端倪,已在台上顾盼生姿,长成后必是佳人绝代。陈小川胜在功底扎实,表演灵动搞怪,字正腔圆,对角色剖析稳、准、狠、洞达内心。

宋青荷的风情,陈小川的神韵,周小山的独创剧本,三人一时风光无限。

全国学校艺术团交流汇演,统共五站,上海、北京、深圳、西安、广州,天南地北,小荷才露尖尖角,广阔的天地,世界这样大而美。

舞台上,裙裾莲步水袖木枢,暗香迫近眼眉,宋青荷饰演的闺中女子放下身段,女扮男装上京赴考。高中后的冯小珍在朝堂上广开言路,指点江山。陈小川的扮相英气逼人,脸上脂粉未沾,只着男装,声线沉郁,抑扬顿挫。剧本改编自《女驸马》,周小山将社会现象影射入千年前的庙堂,实在大快人心,意义非凡。妆容表演别具一格,临江艺术团团长看罢宴请众人,以示称赞。

夜间,宋青荷辗转难眠。

陈小川钻入她的被窝,惊叫:"你怎么冻得跟死尸一样!"

"你怎么烫得跟发春似的。"

陈小川嘿嘿一笑,脑袋拱了拱,双手环在宋青荷的腰间,不由感叹:"真细啊。周小山说我又胖了。"

宋青荷抬手捏了捏陈小川肥嘟嘟的脸,无声默认。

"小妞有什么不开心的事情说出来让爷开心一下。"

宋青荷翻了个身,轻声道:"妞只卖身不卖艺。"

陈小川咯咯乱笑,用手指戳了戳宋青荷的后背,问:"阿荷,你在担心是不是? 团长说,我们中只有一位能够入选表演名单。"

"国家级艺术团,谁不想去。"宋青荷深深叹了口气,"总有一天,我还要去维也纳,在金色大厅举办个人演唱,让世人引我为豪。"漆黑的夜,少女的双眼濯濯而亮。

陈小川极力抑制住擦汗的念头,暗自腹诽自己胸无大志这么多年这么多年。她开口安慰:"虽然我们的名号只是学生艺术团,但在圈内有一定的专业声名。你是我们之中最出色的,这次的个人演出一定会轮到你。"

宋青荷沉默了许久，转过身看陈小川的眼睛，问："小川，你想去吗？"

陈小川反射性地摇摇头，一头倒在绣满美人桃的枕头上。

她双手盖着眼睑，老老实实道："阿荷，我不想离开，我的父母朋友都在这里，我没有小山和你的志向，我只想平平静静地过日子。五讲四美三热爱，嫁人生娃打酱油。"

不知沉默多久，宋青荷又缓缓开口："如果周小山希望你去呢？"

手电筒灯光倏然打到墙壁上，像甩出的银链，宿管阿姨在外敲门示警。

陈小川吐吐舌头，做了一个 KGB 的口型，下床钻入自己的被窝睡觉。

生活平静如常。陈小川照旧每日早起在小湖边吊嗓，排演，上课，去舞蹈房练底子，考古典戏文，研读各国歌舞剧发展史。周而复始，任务结束后，与周小山拥抱，亲吻，互道晚安。

一个月后，三人被叫到办公室。

团长，各系主任都在，角落处站有其他师兄妹，都是熟面孔，有不俗的天赋。陈小川心里"咕隆"一声，右手不自觉捏紧宋青荷的指尖，直至周小山递了一个"安啦"的表情过来。

团长是个秃瓢，是个极具文艺气质的秃瓢。可走路的模样让人一看就知道是个练家子。

他不常看学生表演，习惯去大型歌剧院看专业舞台戏。

仅有一次坐在台下，陈小川紧张地滑了好几个音，当时模仿的是《西厢记》里的一段，如花美眷，似水流年，一转身，差点被裙裾绊倒，是宋青荷饰演的崔莺莺及时拉住她。

记起前科，陈小川后怕地咽了口唾沫。

系主任们在讨论剧本选择，周小山胜算极大。陈小川知道，这次的台本是他与他父亲的压箱宝作，统共四本，专属一个系列，根据四大名著改编，将中国古典文学与现代社会发展融合得生动有趣，立足点巧妙，摒弃了文言文的深邃拗口，改用白话文说唱，又将时代与事件作了相应调整。

宋青荷在与师兄寒暄，陈小川在旁百无聊赖地想起了心事。都说老不看《三国》，少不看《水浒》。若周小山被选作编剧，那么戏本很可能是《梦回红楼》或《西别》。

若是前者……恐怕自己无法胜任……她实在没有大家闺秀走三步一回眸，轻颦浅笑招招手的气质。阿荷可以，她多像黛玉。

团里迎新晚会，周小山的《梦回红楼》初出茅庐，便博满堂喝彩。台上宋青荷着棉白上衣，下身一席碎花蓝布长裙，青丝成瀑，皓腕轻抬，葱白玉指捻着一株桃花，眼睑轻轻垂下，默念："粉堕百花洲，香残燕子楼，漂泊亦如人命薄，凭尔去，忍淹留。"

那厢周小山友情客串渺渺真人，造型学的是许文强，长白围巾在脖上绕了三圈，声色无悲无喜，果真宛如青云高座的仙人，他道："你本为仙草唤绛珠，长于西方灵河岸上，三生石畔，赤霞宫神瑛侍者是个环保分子，节约水资源，便把用下的甘露给你灌溉，触及你五内郁结的爱芽，自此情根深种，方有一世缠绵。"

"如今我已被贾宝玉气死，莫不是还要回去做那劳什子仙草？"

渺渺真人笑谈："你想得真美。此生你活得如此郁闷不打紧，还让后代无辜众人跟着你郁闷？现在地皮宝贵，寸土寸金，你便去做那灵河之水吧，随遇而安。微澜，亦是壮阔。莫再成天胡思乱想，伤人害己。"

林黛玉神色淡定，回过头看云雾缭绕里的贾宝玉正在剃度，薛宝钗抱一奶娃娃神色怔楞，万念起，顷刻灭。

"欠君今日笑，还君他生泪。"

她嘴角冷冷一勾，将发间一朵秋海棠抛下地，世间再无葬花人。

宋青荷演得极哀婉冷艳，风骨铮铮，一众看客哭哭笑笑，全为剧中人。

陈小川暗中扶额伤神。

陈小川尚在走神，系主任和才高八斗的美少年已经走到跟前，宋青荷也回到了身边。

"小川啊，我们正在讨论剧本，基本上已经敲定周小山的大作，你们什么时候把证领了，双喜临门，我们等着吃糖嗑瓜子。"

周小山眉开眼笑，用肩膀蹭了蹭身边矮他一大截，正红着脸的姑娘。

团里三令五申，禁止学生早恋，可演多了书生佳人、将军美人的千古桥段，怎抵挡得住暗香浮动。陈小川不好意思地摸摸鼻子，暗中瞪了眼以八卦闻名的系主任。

系主任不知芳龄几何，年轻时唱过坤生，而后嫁了个爱听戏的房地产商。这让陈小川的内心一度幻灭。她实在无法想象，一个油光满面的无良老板，是如何在台下做出众生沉醉相，让向来眼高于顶的系主任芳心沦陷。

周小山只说了四个字：因，缘，际，会。

说得真比唱的好听。

那些年系主任美名未扬，在剧场处理琐碎杂事。青梅竹马是个穷书生，担负不起恋人一场场风花雪月的梦，最终分道扬镳。而后她光芒万丈，他芸芸众生。

昼夜常怀思，世事早茫茫。英雄美人，才子佳偶，都是折子戏里的意淫。

"选哪部题材？"宋青荷的声音逸出一抹紧绷。陈小川知道阿荷的心思，正要开口，周小山暗中捏了捏她的手心。她微微仰过头，恰好对上他晶晶亮的眸，唇角眉目上扬，眼光含笑狡黠，大有稳操胜券的大将风华，陈小川在那双深棕色的瞳中看到了平凡如斯的自己。

《西别》是他为她所写。长路漫漫，一干人等似是而非的感情，人物俏皮捣蛋，偏偏深情不失，她演再好不过。

陈小川在其中编了好些段子，把少年逗得眉开眼笑。将她抱在怀里，周小山说："川子，你是天才，我歇菜了。"

陈小川只觉满心满肺的温暖与安定，仿佛是君临天下的霸主，只要点一点头，江山美人尽在脚下。可那一厢，宋青荷轻轻推了推她的胳膊。

一下。

两下。

三下。

记忆是被打翻了的墨，在往事中尽致淋漓，轻勾细描，旁人只道无禅机。

Three　歌一杯　陈三愿

初进临江艺术团，陈小川和宋青荷住六人间的寝室。二人分到上下铺。

晚上结伴打水，宋青荷生理痛。陈小川一人拎四个热水瓶，被周小山看到，急忙接过，不动声色瞥了一眼手抚下腹的女孩。

宋青荷双颊飞红，深深垂了头。

那时陈小川还不知道，宋青荷是孤儿。她自小生命力旺，表现欲强，热衷舞台演出，十一岁报考艺术团，未果。被长久忽视的人，或沉默，或昂扬。宋青荷属于后者。可多年不济，此时的宋青荷虽与陈小川等人站在一条起跑线上，年龄却已大了两岁，难掩孤僻性格。

三个月后，有室友过生日，众人决定翻墙外出庆贺，寿星瞄了一眼正在看书的宋青荷，撇了撇嘴，不予理睬。陈小川沉吟片刻，走过去说："阿荷阿荷，一起去吧。少了一个多没劲。"她笑意盈盈，目光诚恳，推了推宋青荷的胳膊。

一下。

两下。

三下。

没有想到的是，回来的路上，一干人等碰到传说中的流氓混混，陈小川为了保护宋青荷，脸上被打出了青皮蛋。众人不敢报警，更不敢去医务室，陈小川只好称病，在寝室躲避一星期，每人轮流省下自己的早餐鸡蛋给陈小川外敷。

周小山自然气得暴跳如雷。

斗殴事件过去后，宋青荷与陈小川成了知交。

从未有过的温暖,终于有人给了。

岁月绵长,除却演出,生活封闭而枯燥。宋青荷会指导陈小川的台风走步,与之细说过往欢愁,性情始终温软。

此刻陈小川自然明白宋青荷的举动。她无言看着周小山的脸,想起在妈妈碑前许过的三个愿。

第一个给陈柏君。冯美娟初进家门,坐在妈妈最喜爱的雕花红木椅上,她多想一脚将女人踹下,还是硬生生忍下。愿父美满。

第二个给周小山。她喜欢他诉说理想时的神韵,气吞山河,眉间有壮士断腕的决绝。陈小川不求日月同辉,她甘做绿叶,同枝连理。愿君如意。

第三个给自己。

她希望自己永远不辜负自己。世间哪来的双全法,鱼和熊掌总要挑一挑。陈小川闭了闭眼,声音清肃而坚决。

"《西别》。"

预演选拔赛,让选手略读剧本,而后抛开情境,根据理解现场发挥。陈小川衬衣牛仔裤,素颜,长发披肩。众人争锋饰演齐天大圣,她举起猪八戒的牌子上台,抽取二师兄名下的相应题目。

《悟能独白》。

"当我还是天蓬的时候,我爱上了世间最美的仙子。他们说我不配,于是我成了一只猪。我在高老庄扮猪吃老虎,上苍赐我遇见一场,却不赐我地久天长。没有人知道,高家翠兰是个多可爱的姑娘,她说我是她见过的最可爱的猪。哎,我一直想告诉她,她也是我见过的最可爱的女孩。我上门提亲那日,遇见一个啰啰嗦嗦的秃瓢和一个尖嘴猴腮的怪物。我记得那泼猴,他被压了五百年,嚣张未减,只是头上多了个铁箍。我打不过他,又不想被秃瓢收了做徒弟。我有我爱的翠兰,她在等我回家。

"可他们又说,我不是猪,我是主管天河的元帅。我一直说,我是猪,没有人相信。观音说,你要历情劫,才能成大事。我把鼻子拱在地上,说,我不想成大事,我要我的姑娘。观音说,真没志气,可谁让上天选你做有缘人呢。再多嘴也给你个铁箍戴戴。

"我看见那泼猴抖了抖猴毛。我说,好吧。

"十四年后,我帮秃瓢取到了经,如来赐我名号,我不要,我要我的姑娘。如来说,先回去看看。我丢下九齿钉耙,腾云驾雾回去,原来翠兰早就嫁人了。抬头望着西天,脸上有晶晶亮透心凉的液体。有人扯我的裤脚管,她怯怯地说,你别哭。我望了望爱管闲事的小女孩,知道猪也是会哭的。

"亲了亲翠兰的女儿,我预备回去当净坛使者。

"千万辛苦,半生等待。这一路西游啊,是我给你的嫁妆。"

台下,流光泄了一地。

当年的掌声陈小川早已听不见。谁还不曾对生活怀些许感悟?

生活经营惨淡,她已毋怪任何人。

Four　青梅谢　竹马老

2004 年,三月,惊蛰。

春寒料峭，南方小雨淅淅沥沥下个不停，无端叫人潮了心情。在大剧院门口，陈小川收起伞，本市有大人物回国演出，她是文艺专栏的记者，自然少不得跑跑腿。

"你也喜欢'山荷拍档'吗?"身边有同行问。

陈小川摇了摇头:"报社给的票。看完回去写报道。"

"我很喜欢周小山的剧本，既古典又前卫，只要是他们回国演出我都会申请跟踪报道。"年轻的小记者，眼神崇拜，赞不绝口，真不失陈小川当年模样，"这年头创意最可贵。"

一同走入演出大厅，过当走廊灭了灯光，她无声而笑:"宋青荷也很漂亮，台风一流，演技又受业界公认赞誉。他俩真是一对璧人。这么多年，夫妻感情也一直很好，对婚姻忠诚，对事业坚贞。"她转过头看着女孩的眼睛，"羡慕吧。"

找到座位，灯光暗下。在一片掌声中，陈小川的眼微微湿润。

多年不见，舞台上的周小山紧身华服，身姿勾勒得匀称修长。他演孙悟空，一只离经叛道的猴子，举手投足间尽是魅力。抬头点了几滴眼药水，悟空问唐僧:"师父，谁在西天织紫霞，把老孙的猴眼都晃花。"宋青荷的女版三藏貌美端庄，将秀发拢至耳后，答:"估摸哪家仙女在等情郎，闲得慌。"王母上台，朝着台下抹抹泪花。

是当年的系主任。时光并没有在她身上留下深重的痕迹。

"五百年真长，这泼猴忘了咱家姑娘，成天绕着一个疯和尚，我再也不相信爱情了。"

台下哄笑声一片。陈小川沉默至尾声。

演出极成功。互动环节时，陈小川的同行问剧作人周小山:"周老师，事业冲天，佳人在怀，作为这样的成功人士，您对未来有何规划?"

陈小川隐落在黑暗里,双耳嗡嗡作响。她知道他看不见她,却仍旧不自觉将身子放矮。

身边小记者问:"您的孩子三岁了,你们会培养他从事文艺事业么?"

提及孩子,静默而立的宋青荷温柔一笑:"我们不会刻意,随他爱好,孩子快乐就好。"

小记者坐下自顾自感叹:"这就叫郎才女貌,佳偶天成吧。"

陈小川的眼紧紧攘住台上人。

周小山提了提话筒,突然轻轻一咳,接过妻子的话补充道:"爱他,就尊重他。我不会把自己的梦想强加在孩子的身上。我希望他能和喜欢的人,做快乐的事。"

"就和你们一样吗?"台下众人纷纷起哄。

周小山神色深静,宋青荷伸手轻轻挽住丈夫的臂膀,终于,他回过头报以微笑。

是了。那样的一对,她气质美如兰,他才华阜比仙,岁月这把杀猪刀唯独没有放过陈小川一人。

一语成谶,她陈小川果真是一只猪。

可无人赐她一个欢喜结局。她只好把自己留在过去,青灯夜雨,白发秋风。

是否已过去和未得到总是最登对,不不,阿荷,我不信。

26 岁的陈小川对着大厅内《西别》的海报失声痛哭。

她终于承认,他从来没有爱过她。所有的年少恩情,都是她一个人的幻想。

他们并不对等。

骑士爱城堡，爱战马，独独忘了爱一无是处的落难公主。

少女时代的陈小川有飞蛾扑火的勇气，却难抵一场海阔天空的梦。清苦至此，为何叹盛年不重来。

Five　参如离　隔如商

预选方落下帷幕，国家艺术团的通告在全国公布。按照行程，一个礼拜后，业内闻名的大师及相关领导都会前来临江艺术团观演评分，最后在所有艺术团推出的人选中再度择优录取。中彩头的艺术生将北上首都，扶摇而上。

那一晚，陈小川收到冯美娟传来的呼机简讯，她迅速回拨电话。女人声音清冷，字字句句戳入心肺，刺痛如匕剜心。

冯美娟和母亲一样，没读过什么书，但她吊着嗓子告诉陈小川，父母在，不远行。陈小川握着听筒，手指缠绕电线，复又松开，不自觉蹙紧眉头。

将初恋冯美娟娶进家门，陈柏君深觉愧对女儿。陈小川放弃学业报考艺术团时，冯美娟并不同意，她的观念很主流，这个时代，吃这碗饭的人都没有饭碗，到时候只会赖在家里吸陈柏君和自己的血。可最终，冯美娟还是心软，她不想忤逆丈夫最后几年的心愿——一次例行体检，陈柏君查出身体抱恙。

她声音淡淡传来："三年五载也死不了，可年纪大了，谁不希望儿女绕膝。你阿爸不忍心妨碍你前途，可为人子女，真要到子欲养而亲不待,就晚了。"

陈小川反问:"你有什么资格这样说?"

电话那头的人沉默了很久,深深嘘了一口气:"我不想你弟弟长大后这样对我。"

破镜难圆是人生的常态,冯美娟从未想过失去的感情能够一朝挽回。陈柏君对自己仍有旧情,已属大幸。至于孩子们的意难平,她都要慢慢磨平。冯美娟是惜福的俗人,她知道齐眉举案的不易。

年轻的陈小川释然而笑。回到寝室,宋青荷沉沉睡着。床铺上留有字条:"北阙青云,不敌小荷开怀,川水满盈。"尾款画有陈小川喜爱的卡通少女,笑容夸张而温情。

陈小川闭了闭目,眼角有泪沁出。阿荷,我真不喜欢那只泼猴。它本寿三百四十二,得善终,却硬要篡改生死簿,换五百年凄苦,护一个傻师父。

那也只好这样,年修劫长,余生茫茫。

从此山川不相逢。

陈小川在团长办公室找到周小山。二人神色严峻,少年抿紧嘴唇牢牢盯着地面。

团长正摁灭了烟头,斟酌着开口:"我和一个比赛评委吃了顿饭,就在昨晚。他的意思是这次剧本和演员的选拔仍旧偏向于传统,不应过度篡改原著。《西别》剧情颠覆过重,牵扯到的暧昧元素过于前卫,我们决定改换《梦回红楼》。小川,我很遗憾。"

陈小川没有回答,她看着周小山问:"我不去,你去么?"

少年抬起俊俏的脸,十指深深掐入掌心,他说:"小川,这是我的梦想。"

她点点头,转身离开。右手触及冰凉的门把手,寒意直入心肺,终于忍不住回头:"我来是想告诉你,我爸爸生病,我要留下来,不打算去了。"

"当初是我选择陪你,现在也是我先弃你。你不要难过。"

后面这一句,陈小川抚着胸口,喃喃自语。这个少年,她这样满心慈悲地爱过。

而后宋青荷一演倾城,与周小山入围,双双北上京畿,一段郎才女貌、志同道合的佳话在业内广传至今。

时光宛如破茧而出的折翼蝶,寻不到花,永不见凋谢。

千禧年,陈小川退出艺术团,重回校园。陈柏君一年后含笑辞世,她陪伴弟弟放肆成长,陪伴冯美娟公然老去。甘于平庸,理直而气壮。每个人都有自己的选择吧。

阿荷你看,东隅已塌,榆树桑桑。鲫鱼多刺,海棠无香。世事公平而残忍。

嗨,是哪户姑娘谁家少年郎,你以为故事将要开始么,其实早已结束。幸好陌上花开,月夜仍明,万福玛利亚。

月落乌啼

One

21岁的戴梓每日在货运公司上足六小时的班,而后骑车赶到伊甸园兼职演唱。半夜收工后,和大伙儿一起吃一碗醇香的双皮奶,啃满一盆酱爆小龙虾。都是年轻的身体,挺拔隽秀,眉目舒展而开明,吃起苦来眉头都不皱一记。

1992年,鹏城甫入秋门,气温渐凉,早晚多雨。

从酒吧街返回龙岗区布吉镇,一路旖旎消减,三角梅盛开,景致美如诗画。握紧龙头,戴梓加大了脚劲,二轮子溅起一路水花。

雨后夜空清明,月色消融在淤泥水里,像极一碗蛋花汤。而此刻,临时搭建的工楼院子不比往日清净,戴梓把车链子拴上,回头就看见他的姑娘咬着左手大拇指指尖,一脸讨好地看着自己,眼睛亮如塔希提岛的珍珠。

戴梓忍不住逗阿芙:"宝宝,你把咱家的屋顶拆去卖钱啦?"

东屋的阿K已经收拾好了重要的行李,几件换洗衣服,从老家带来的榨菜罐子,一把价值不菲的名牌吉他,他将钢丝床移到了院子里,哼着新曲子调弦。

戴梓把叉烧饭递给阿芙,替她掰好木筷。

江明小姐的声音从后脑勺传来:"戴梓你可真给上海男人长脸,对老婆太好啦!"

阿芙含着一块叉烧:"我笨嘛。"歪过头对江明贼贼一笑。

江明闻言,极不仗义地点头,默认。

阿芙就感觉有不明物体偷袭自己,脑子一震,听到戴梓严肃地警告:"吃饭的时候不许说话。还有不准说自己笨。"

阿芙想了想,忍不住辩驳:"那我是笨嘛,我姐姐说我是官方认证的处理商品。"

"你姐姐嘴巴可真毒。"江明说。

阿芙点点头,又摇摇头:"她可是北大高材生,我们全家都怕她。我爸爸是物理老师,他说能量是守恒的,所以我的智慧都被她给吸走了——"阿芙抖了抖身子,"啊,这个说法好血腥。"

戴梓摸了摸她不怎么灵光的小脑袋瓜,说:"好了,房子的屋顶被暴雨冲塌了,今晚在院子里将就一下,睡觉不许踢被子。"戴梓挽起裤管,赤脚趟在凉水里用脏布单将泥沙和木块裹好,抵在床脚。

阿芙用毛巾把他的双脚擦干净,两个人静静地躺在床上。江明微微叹了一口气:"明天我们住哪儿啊?"

戴梓摸了摸阿芙的头发,硬邦邦的,有点扎手。阿芙把头往戴梓的胳肢窝里钻了钻,乐呵呵地说:"我们就这么住吧,你看星星多漂亮。明天又是个好日子。"

戴梓笑笑,亲亲她弯弯的眉,转过头问:"合约怎么样? 孙仲放不放人?"

"合约到期了,孙仲想给我续伊甸园的场子。"江明顿了顿,"可是我想回广州发展,既然有唱片公司签我,那就去试试。区区一个伊甸园里,歌手就这么多,什么时候能熬出头。"

戴梓看了一眼阿芙,轻轻笑了笑:"我总是要留下的。"

江明哈哈一笑:"今晚我们这么狼狈,孙仲知道了要笑坏了。"

"指不定他多羡慕我们呢。"戴梓也笑。

阿K在旁若有若无地拨动着琴弦,松松散散的调子,都是几大音像店卖得最好的磁带歌曲,从《吻别》到《太傻》,再到一曲看尽红尘的《梦醒时分》,沧桑而温情,在院子里流转。那时的头顶总是有姣好的满月,蝉蚤嘶鸣,泥腥气入鼻。

阿芙渐渐睡熟,院子里的其他人各怀心事。

无论如何,他们还年轻,他们有真心。

Two

戴梓唱了一首黄安的《新鸳鸯蝴蝶梦》。

包青天之风席卷两岸,主题曲红遍巷尾街头,阿芙痴迷英俊展昭,终日买口袋小说和海报,晚上把破案故事讲给戴梓听。

舞台灯光四溢,玻璃球折射妖娆的光。一干人等在酒吧狂欢,你方唱罢我登场。孙仲说,江明是第一个签了身价走出伊甸园的歌手,带了个好头,啤酒蛋糕场地全免。

阿芙用细管喝可乐,笑语盈盈地看着点烛光庆祝的戴梓。孙仲逗她:"阿芙妹妹,你们家袋子什么时候能出头跑路啊?"

阿芙没听见。

孙仲再接再厉:"我可是你们家袋子的伯乐哎。"

阿芙没听见。

"阿芙,你脑子不好使,耳朵也不好使哇哇哇。"

阿芙没听见。

一下灯光全暗,众人嘁声。从台前看过去,推车上有一个三层蛋糕,插着烟火棒,开出洁白绚烂的花。

12点的钟声响起,欢呼雀跃声爆发。阿芙捂起耳朵笑,被身边人用香槟酒浇了一身。锣鼓震天,彩光大开,舞池里人潮翻涌,像煮沸的一锅汤圆。钢琴吉他杂乱无章,气球爆炸声不断,彩条喷满一地。

吼英文歌的被粤语声打断,唱原创曲子的被家乡话拆台。

那些凄风苦雨,奔波劳碌,那些背井离乡,跋山涉水,都是长久生命的乐章。吼一吼,跳一跳,青春依旧青春。他们从各地经于此,整装待发,然后离别。从来没有去不了的远方,拾不起的梦想,或吻不到的爱人。

众人跳舞,阿芙学着大伙左脚蹦完右脚蹦。突然,只听一声鬼嚎炸响,人群从里到外安静,正是孙仲——

"谁他妈踩我脸啊!"

众人看过去,果见孙仲弯着腰,右脸半个斜印,疼得脸都青了。

"对不起啊,我不知道你的脸在地上。"

"你你你——"孙仲觉得自己要吐血了。头顶的玻璃球还在转,明灭的耀眼灯光投下来,真是一张年轻柔美的脸。

说不清哪里好看,就是让人移不开双目。白净细腻的皮肤,凑得近些,都能瞧见表面的几条小红丝。小嘴红润饱满,眼睛又大又亮,右眼皮打了三层褶子。孙仲自己都觉得不好意思,赶紧抹了抹脸,气势还是要摆足,当即吼了开来:"你怎么补偿我?"

全棉的蓝色印花手绢被递到手心里,仿佛还残留着主人的余温。孙仲想,桃花大概要开了。

"阿姐?!"听见阿芙欢快又惊讶的叫声,孙仲心要跳出喉咙口。

灯光雀跃起来,起初只有几个音,轻而缓,而后是沉郁动人的调子,绵绵延延,起起伏伏,有雨后初晴的释怀,有灯火黄昏的暗哑。喧嚣寂静,一个个热血,胆怯,艳羡,迷茫,朝不保夕的灵魂从中得到安抚,只留期盼与祝福。一个音符,一句唱词,一段调子,一支情歌,是音乐,是艺术,是歌者的灵魂,是时代的缩影,是你我的人生。

1983 年怀旧金曲《Tonight I Celebrate My Love》红遍欧美。

"献给你。江明。"阿 K 的声音低缓。一曲毕。与往日不同,无鲜花,无掌声,无人卖唱,无人买醉。

江明在一旁点头致谢,流光泄了一地。

戴梓说:"知道阿 K 吉他弹得好,人长得好,原来歌也唱得好!"

无视一切的孙仲终于忍不住,问身边的人:"阿芙姐姐,你叫什么名字?"

阿 K 在台上,半垂着头,望着舞台下的某处,忽而低低一笑。

陈语蓉忽然想到一句话,古龙说,世间无人能挡江枫一笑。

"蓉蓉。"她说,"陈语蓉。"眼光落在阿芙身上,眉头都蹙紧了:"阿爸说你太久没回家了。"

戴梓怀里的人吐了吐舌头。陈语蓉又笑:"这儿真热闹。我羡慕你,阿芙。"

深夜两点,众人决定散伙。明朝留的留,走的走,各奔前程,无岁月可回头。

江明在台上泣不成声。

没有人去深究,江明为何以那样一首歌结束送别会,那是几大歌厅最近火极的必点曲目,痴缠且哀婉。江明的嗓音与苏芮相像,有客人点《牵手》,总是江明上台。

"因为爱着你的爱,所以梦着你的梦。"

牵着阿芙的手,戴梓想,他是明白的。歌声和电影一样,给现实中的人圆无法实现的梦,给现实中的人做假象的选择。

歌者的缺憾，成全听众的圆满。2005 年，在江明的追悼会上，作为与她同批出道的歌手，戴梓接受媒体访问，只言片语匆匆而过，逝世不该是一个过气明星重回娱乐头条的因子。而日后大红的影帝阿 K 在吊丧期间取消了一切档期安排，好事者揣摩许久，翻出陈旧往事大肆炒作，想象力之好令人瞠目。戴梓想，他们只是不会忘记，他们曾经在深圳的工房院子里看过一晚的星星，聊过一晚的天。他们曾经穿着来不及换下的演出服，骑着自行车在赶往下一场的十字路口相逢，继而鼓励一笑。这样的感情弥足珍贵，天时地利人和，纯洁无可匹敌。他们都以为绝处逢生，转角就是希望。

可人生哪有那么简单。

Three

一个月以后，整条酒吧街的人都盛传伊甸园的老板孙仲在追某校中文系高材生陈语蓉，陈语蓉倾心吉他手阿 K，阿 K 惨遭江明遗弃，江明签约广州知名唱片公司。

好像人的际遇都是在一夜之间发生改变的。

戴梓从上海南下深圳打工，做过流水线上的技工，摆过地摊，卖过小吃。他的小笼包红遍龙岗区，每天夜市队伍排过马路。

猪怕壮，人红是非多。有小混混借着收保护费的恶俗名义砸了场子，长板凳掷向倒地的戴梓，陈语芙生生挨了上去。

事后，戴梓痛心疾首地教育她："你怎么能这么傻呢？"

阿芙眼泪汪汪："我也不知道，我姐姐说人傻是天生的，治不好。"

戴梓青筋跳动,指着她的脑子,颤声道:"以后不许这样。"

阿芙姑娘委屈死了:"我怕你被砸坏了我都没有小笼包可以吃了嘛。"

"是你重要还是小笼包重要?!"

"我重要。"

"是我重要还是小笼包重要?!"戴某人乘胜追击。

阿芙姑娘脑子转不过弯,想了想,老实道:"小笼包重要。"

戴某人昏倒。

那是初识,也不是初识。每日阿芙都会来夜市光临戴梓的小吃摊,从喜欢小笼包到喜欢包小笼包的人,看他背脊硬挺,在霓虹灯光下面容专注地做馋人的吃食,十指翻飞而灵动。阿芙不很聪明,看人看物泾渭分明,是那种喜欢上小笼包就绝不会再喜欢生煎包的人。

戴梓想,他的人生多舛,掌中事业线纠葛断裂,爱情简单就好。

没有任何犹豫,阿芙与戴梓同居。早餐是小笼包配豆浆,然后她送戴梓去上班,自己在家悠闲度日。过节生日,戴梓会接她去伊甸园听歌,多数时候她选择在家等他披星戴月回来,带一份夜宵。

生活周而复始,在最应热血的年月,阿芙想,他负责养她,她负责被他养,也算各司其职。

阿芙可以认识野心十足的江明,内敛敏感的阿K,以及吊儿郎当的孙仲,因为那是袋子的朋友。至于梦想,选择,成功,这个时代的人们拼命追求的一切,都离她太远。她的生活向来单纯澄澈。

戴梓入驻伊甸园后,生活条件依旧艰苦,他喜欢摸摸阿芙不怎么灵光的脑袋,说一句:"宝宝啊,为夫混不下去了跟着为夫回家种田吧。"

"那我以后少吃点。"阿芙满脸肉痛地下决心。

戴梓觉得,自己的心都要化成一汪水了。去他的功成名就吧。

江明走后,陈语蓉跟着妹妹住进了福田区。戴梓和阿K住在同层隔壁一室一厅房。起因是孙仲不忍心上人拘束,曲线救国,涨了戴梓的薪水。

转眼深圳入冬。平安夜,戴梓和阿芙早早入睡,圣诞节一早,二人去了梧桐山。

"面临南海大鹏湾,和香港新界山脉相连。"戴梓牵着阿芙的手,在好汉坡拾级而上,指着梧桐烟云,细细解释道,"以后等我赚够了钱,带你去香港,买很多漂亮衣服。"

"我要去和哥哥留影!"阿芙双臂大扬,欢叫起来。

戴梓假装生气:"宝宝你竟然喜欢别的男人!"

阿芙回头疑惑地看着他,不解道:"是你说你喜欢他的好吧。"

风华绝代,姿容隔世,天生是舞台的宠儿。戴梓喜欢张国荣的电影、歌曲,以及为人。《倩女幽魂》把阿芙看得泪眼婆娑,戴梓在伊甸园唱有关宁采臣的主题曲,词曲妖冶深情。多好的爱屋及乌啊,看着怀里的姑娘,戴梓笑起来像只偷腥的猫。

阿芙左看右看,一蹦一跳,嘴角高高扬起。从凤谷鸣琴到碧梧栖凤,景区风光娇艳,山色迷人,鹏城灯火尽收眼底。

"哇——"阿芙猛吸一口气,"我要吸收天地精华。难怪那么多封建君王都要称王称霸,君临天下的感觉实在太好了。"

"宝宝。"

"做嘛?"

"宝宝。"

"做嘛?"

"宝宝。"

"袋子,你别这样,我觉得你变了。"

"怎么变了?"

"变得越来越不聪明了。"

"哦,那不是和你越来越近了。"

像这样拐几弯的话,戴梓说起来是信手拈来,他丝毫不担心阿芙能听懂炸毛。

"哼,你是我前世投胎的时候被我用智商换来的破袋子!"

这话,戴梓琢磨了许久。心里暗惊,果然兔子急了都要咬人呢。

"阿芙,我们会一直在一起的。我们的祖国很大很美,总有一天,我们要把美景都踏遍,美食都吃遍,美人都看遍。"

"美人就在你怀里呢。"阿芙笑嘻嘻,突然急道,"要是有一天你把我弄丢了怎么办?"

"老实说,我比你聪明吧?"

"嗯。"

"所以这种事不会发生。"

"那万一就发生了呢?"

"你就乖乖待在原地,等我找你。"

"嗯,我也是这么想的。"

晨观日出,暮浴霞光。都是这么想的。

夜里,他们去电影院看了徐克的《青蛇》,忘记了王祖贤的风情,张曼玉的妖娆，戴梓只记住主题曲的词：留人间多少爱，迎浮世千重变。和有情人，做快乐事，别问是劫是缘。

美哉善哉。

Four

陈语蓉大四实习，不住校的日子就和阿芙在一起，白日里经常和孙仲一起游览深圳景区，夜里和众人去伊甸园。孙仲会和她说好玩的段子，把她逗得花枝乱颤，而眼睛，却从来没有离开过舞台上的阿K。

她是纯粹的文科生，迷恋一切有艺术气息的事物和男子，期待一场风花雪月。而孙仲只是纨绔子弟，他给她的快乐，对她可有可无。

事实是伊甸园的风光已不如从前，大批的歌厅在深圳扎盘，唱片公司在大陆的兴起挖走了众多台柱。孙仲最头疼的事情，一是陈语蓉暧昧不清的态度，二是如何留住伊甸园的老歌手。

他没有告诉任何人，有经纪人盯上了阿K。

狠狠把烟头掐灭，孙仲的眼睛眯起来，看向舞台角落处的男子，英俊，忧郁，时下演艺圈明星最容易火的因素，这位情敌可都具备。

江明走后，阿K不仅仅是吉他手，他开始尝试一些原创歌曲。

　　让残阳把城墙染血，让苍鹰把高空低悬，让大漠把衣袂翻卷
　　我的姑娘呦 我的姑娘呦 你牵了白马 路过天边

我在等你 你看不见

台下叫嚣声肆意,不断有花篮被送进阿K所在的化妆间。

"他一定会红的。"孙仲说。

陈语蓉道:"这首词是我在敦煌的晚上写下来的,那儿的壁画真美,星空也美,当时我想,一定要找一个人,谱上好听的调子,唱成好听的歌。"

让传说渐行渐远 让月光冷冽千年 让朱雀徘徊古道边

我的少年呦 我的少年呦 你念着誓言 守在墓边

谁在等我 不如不念

陈语蓉送给阿K二十多首作品,词风多变,水准不一。除此以外,阿K拒绝陈语蓉的一切示好。而孙仲不知道,正是这一首《大漠童谣》让阿K进军歌坛。

"你这么帮你喜欢的男人,不怕有一天他红了就再也不理你了?"

"他没红也不理我啊。"陈语蓉回答得理所当然。

孙仲笑:"蓉蓉,我可以让他成名,也可以毁掉他。"

陈语蓉抖抖双肩:"这都无所谓啊。孙仲,我爱上我的爱情而已,至于他的前途和我没关系,你有什么好威胁我的呢?"

孙仲举起玻璃高脚杯,酒香气黏人:"那你可以告诉他了,三天后,会有唱片公司经纪人找他签约。"

"Cheers。"陈语蓉一饮而尽,"如果我的爱情只值一句谢谢,那才是一个最好的结局。这个时代，每个人都在为自己忙得焦头烂额，我不允许他人的梦想破坏我的信仰，如果不能两全，那就成全，否则将是对彼此的亵渎。阿K只是我爱过的一个过客，他过得越好，就证明我付出的青春越值。对一个女人来说，有什么比青春比岁月更宝贵。"她微微笑了起来，嘴角有细细的纹，"毕业以后，我会出国，看看外面的世界，还要爱不同肤色的人。浮生长恨欢娱少啊。"

直到当晚演出结束，孙仲都无语。

送到楼房底下，孙仲抱了抱陈语蓉："如果累了，不想走了，就回来。"

"好。"她应得心满意足。

1998年，伊甸园关闭，都说树倒猢狲散，孙仲却比任何人都清楚，猢狲走了树也会倒。当时大陆有太多的歌手，走在广州深圳北京的马路上，一块广告牌砸中十个人，其中九个都搞音乐。

大约没吃过猪肉也看过猪跑，凭借着开歌厅结识的人脉，孙仲像模像样地也唱了几年歌。而后过气，开了一家书店，叫《迷城》，出售磁带、唱片和音乐书籍。又过几年，网络时代兴起，书店亏损严重，面临倒闭。他在网上开一家淘宝店，专卖一些艺人饰品，签名海报以及珍藏版CD。他给它取了一个极其文艺的名字，叫"涛声依旧"。

2009年，陈语蓉与美国佬离婚，回上海和父母生活。

彼时孙仲在演艺圈幕后摸爬滚打多年，竟又转战荧屏，时常会有音乐比赛邀请他做嘉宾。

时光很难让一个男人服老,电视上的面容俊朗一如多年前。访谈节目里,孙仲喜欢说一些当年的往事,像一个耄耋老人。作为"94新生代"歌手之一,他亲眼见证了一代音乐人的兴,与亡。

"所以,孙老板当时是万人迷啊? 有没有什么歌坛一姐当初爱你爱得死去活来?"主持人笑着问。

彼时陈语蓉涂着指甲油,九指秋香绿,右手尾甲一抹凤梨白。细软的小管滴在未干的亮油上。

她嘴角泛起一丝薄薄的弧光,眼梢掠过电视宽屏上给了特写的孙仲。

"没有。倒是我喜欢过一个女孩子,但是人家不理我。主要当时我们那儿帅哥太多了,我就不怎么起眼了,哈哈哈哈。"

采访到一半,孙仲唱了一首毛宁的老歌。

迎战高考的女儿嚷了起来:"吵死了吵死了,什么年代的歌,真难听。"

陈语蓉笑笑,关掉电视机。

十五年风尘,她可以认出今日的影帝阿K,却不记得当初为他而写的字字句句。念念不忘的,竟然是孙仲的一句临别戏言。

不不,陈语蓉又想,那不是戏言。许诺人许诺时诚恳真切,奈何光阴迢递,初衷渐忘。

Five

阿K去了北京。临走前,将欠戴梓的房租一并还清。这两年,戴梓每日平均要打三份工,月工资在1 000元上下。寄700块钱回家供弟弟上学,家用开支,其余的钱自己凑合用。而像阿K这样一门心思在酒吧表演的打工漂泊者,生活自然捉襟见肘。

阿K身型没有戴梓高大,眼窝深,颧骨有些高,碎发挡在眼前,戴梓看不清他的表情。

可他忽然抬起头说:"坚持下去,和我一样,你也会遇到好的机会。"

戴梓笑得憨厚:"其实我不是很嫉妒你啊。"他不是为了梦想成真才走到今天,随波逐流,亦是大部分人的生活方式。

两个男人间的拥抱,局促,刚烈,善意。那一刻,阿芙想,其实她一直都是旁观者,舞台上下,她无法懂得他们生存的艰难,挣扎,和取舍。

明明深圳的发展蓬勃壮硕,娱乐多元化,工作之余,人们愈发喜爱夜生活,可伊甸园的生意却不再场场爆满。孙仲和戴梓亲眼看到几十家酒吧如诗句所写,忽如一夜春风来,千树万树梨花开。

产业链的逐渐完善,注定了伊甸园再无法在龙岗区一家独大。音乐被工业化,商业化,彻底进入了完全竞争市场的局面。

戴梓告诉阿芙,和旧上海的十里洋场不同,这个时代的歌舞厅,带给人们极致的美感,而非低俗的快意。憧憬,梦想,希望从来都没有被纸醉金迷打败。大众追逐的靡靡之音,成为生活的美化。不管过去多少年,人们都会轻易通过一段耳熟能详的曲调,想起自身的过往。而这样的记忆,恰恰是由无数和戴梓一样的人提供,因此他们注定被铭记,也注定被遗忘。

所有的呐喊与呼唤,都要湮没在时代的洪流里。

阿K离开的头半年，和戴梓有书信往来，诉说培训的辛苦，新人的无奈，上台的紧张，首都的壮丽。戴梓从不知道，向来内敛少语的阿K也有如此絮叨的一面。孙仲说，那是因为他再也不能随心所欲地和身边人说话了。

陈语蓉走后，阿芙象征性地掉了两滴泪，又搂着戴梓的脖子说笑话了。而孙仲，也没有表现出太明显的失落，伊甸园的未来够他头疼。

戴梓摇摇头："阿K以前也没有和我这么热络。"

"那不一样。"孙仲说，"你们是一起苦过来的。这种感情忘不掉。"他抽着烟，转过头对戴梓说："要是有机会，你也走吧，大家这么多年兄弟，我可不能埋没你。"

"我这不没人要嘛。"戴梓无所谓地笑，他看到舞台上新招聘的摇滚青年撕心裂肺地唱许巍的歌。

那一年，继江明和阿K等几位歌手被陆续签约后，甚至有伴舞被知名导演相中迈入演艺圈，戴梓一直不温不火地在伊甸园主唱当红歌曲，模仿别人，赶不同的场子。

身心俱疲的时候，他问："阿芙，你有没有嫉妒过你的姐姐?"

"当然。"

"嫉妒什么?"

"嫉妒她有我这么一个漂亮可爱的妹妹。"

"好吧。"

"袋子你不开心了吗? 为什么?"

"就是觉得有时候你付出了这么多都得不到的东西，别人轻而易举就可以拥有呀。"

"可有时候人生就是这样的啊。"

"嗯,你也知道人生。"

"怎么不知道,你看,我又不聪明又不漂亮,可你就是我的呀。"

"阿芙,我以后再也不说你笨了。"

"哼,以后谁说我笨我就把他捉起来揍一顿。"

阿芙想,她真是不聪明。她多想告诉他,没关系的,即便时不待我,技不如人,遇见对的人,全世界都值得原谅。

又是一年底,已有名气的江明到深圳开演唱会。

她回伊甸园的时候,戴了厚重的墨镜。戴梓一眼就瞧出来了,深深看她一眼。

"破袋子,怎么都不和我打招呼?"

戴梓也有点不好意思,垂了垂脑袋:"我怕你不想我们再认识。"

"神经病。被你们家阿芙带傻了吧。"

二人相谈甚欢,大多聊过去的糗事。戴梓说:"江明,现在身边有人照顾你吗?"

江明脸红了红:"是个小场记。"

戴梓笑得很温柔:"阿 K 也很火呢。"

江明乐得哈哈大笑:"袋子,你不会到现在还以为我和阿 K 有过情侣关系吧。"

戴梓的眼睛瞪得有铜铃那么大。

"不是的,破袋子,我们只是同乡,有相同的梦想而已。"

"可那时他那么难过。"戴梓辩驳,不厚道地举证,"阿芙都看出来了。"

江明摇摇头:"他是不开心。我们一起从老家出来,家境一样差,没有钱,没有男女朋友,居无定所,只会做梦。所以他就是我,我就是他,我走了,他孤零零的。说到底,他不是嫉妒,只是舍不得自己被留下。"江明笑得释怀,"破袋子,其实我喜欢的人,是孙仲呀。"

戴梓又愣住了:"他出差了。一时回不来。"

"无所谓呃。"江明环视伊甸园,"都是过去的事儿了,谁还记得。戴梓,你知不知道,这儿跟我的娘家似的。以后真要常来,心里多踏实。"

可直至伊甸园倒闭,基地拆迁,江明都没有再回来过,她曾在中国大陆音乐界盛极一时,而后多年为情所困,抑郁自尽。她的前夫已经从小场记变成了制片人。前夫哭着说后悔,不该因为她的名气而离开。他说,江明死前打电话告诉自己,她一直怀念在深圳的苦日子。

戴梓想,他也是啊。

也许欲望永远没有被满足的一天,那个仲夏夜的他们,考虑明天吃什么,住哪儿,又想怎么一夜成名,怎么发家致富。再后来,仍旧是空。

是的。我们的激情薄如蝉翼,抵得住恩赐怨怼,却输给清晨响起的一枚机械闹钟,午后打翻的一瓶粘腻橙汁,夜时高峰的一个路口红灯,迟迟早早而已。

Six

1994年初,大陆歌坛原创歌曲井喷,明星歌手如雨后春笋,流行歌曲不再被香港音乐垄断,整个工业方兴未艾。第一届由深圳广州北京上海四地联合举办的歌唱大赛拉开帷幕。

孙仲把宣传单递给戴梓,戴梓扫过一眼,说:"别闹了。"

拉过老板椅坐下,转了两圈,孙仲说:"我没和你说笑,我已经想过了,你是我手里最后一张王牌。你可以在我这边再续一份合约,为期两年,条件是你必须在这次比赛中获奖。"孙仲十指交叉抵在唇上,"你知道的,伊甸园不能再以现在的模式经营下去。只要我们有明星出台,就有夺人眼球的爆点。我把赌注都压你身上,你不要让我失望。"

"我不行。"戴梓回绝得干脆。

"你长得好,性格好,歌声也好,但有时候,好得面面俱到反不如好得独树一帜。你不能等别人给你写歌,你要自己寻找生机,寻求独一无二的卖点。这年头的形势,好了就顺风直上,不好,一辈子默默无闻。以往你唱的都是别人的歌,依据自己的喜好,没有考虑过自己的形象,气质,声线,每天打那么多份工,赶那么多场子,根本没有为自己的将来筹划过。戴梓,别给自己留后路,置之死地而后生。江明和阿K就是这样的,狠心绝情,毫无留恋。"

末了,他又补充:"这样吧,你去试试,在这段时间,阿芙我替你照顾。"

"你不了解她,照顾不好她我怎么会放心。"

"看在她姐姐的面子上,我也会尽心尽力的,相信我。"

几天后,趁着阿芙心情好,戴梓旁敲侧击地说了比赛的事。

"你不是向来不喜欢和人比赛争夺的吗?"阿芙咬着筷子问。

戴梓说:"宝宝,这次是个好机会。我们不能一直过这样的日子。"

"这样的日子有什么不好?"阿芙有些生气,脸颊红扑扑的。

没什么不好,也没什么好。戴梓没有雄心壮志没有伟大梦想,但不代表对生活没有追求没有奢望。可阿芙不懂,她的世界,只要早餐有戴梓的小笼包,就可以快乐一天。

但没关系,他先去试一试。达成归来,就在伊甸园驻唱,不再奔波兼职,名利双收,还了孙仲人情,日子没有太大变化;空手归来,他就带着阿芙离开深圳回上海,找一份普通的工作,朝九晚五,生活平淡坦然。

戴梓承认,自己离开时,早已做好了失败的假想。他从不抱功成名就,衣锦还乡的希望,他只是不想有朝一日因为毫不争取就放弃感到后悔。他豁达,却又不够豁达。

那一天早上的情形,他记了一辈子。

戴梓怕阿芙闹,没有告诉她自己的行程。起床时阿芙枕着他的右臂。为了不吵醒阿芙,他脱下了睡衣。阿芙抱着睡衣好梦正香,不时吧唧着嘴巴。戴梓俯身亲了亲她的额头,想,我很快就回来。

但事实,那是诀别。

一个半月后,戴梓止步于全国三十强。因为孙仲从深圳发来传真,阿芙走了。

戴梓默默重复了一句:"哦,阿芙走了。"

他用口袋里所有的积蓄买了机票回来,找了许许多多的地方,白天四处寻人,晚上在伊甸园门口徘徊等待,深夜不能眠,绝望像春草一样在心里蓬勃生长。

终于,戴梓明白,他的拇指姑娘不要他了。

"你告诉了她什么?"一向温文的戴梓怒目欲眦,"她以前住在家里一点不开心,你要让她去哪儿?!"

"她回父母那里。"孙仲看着他的眼睛说,"她父母都是教师,再怎么样也不会虐待自己的亲生女儿。"

"那样的人,为人师表受人尊敬,为人父母遭人唾弃!你以为陈语蓉为什么会想去美国?她们两姐妹最大的希望就是离父母远远的!!!"

"啪——"玻璃杯砸碎在地上,像是一摊拾不起的泪花。

孙仲想,他知道的。只是他知道得太晚了。

陈语蓉游历四方,去过敦煌,去过西藏,去过丽江,去过湘西,她喜欢一切美好的事物和人,却从不期待那些结局里会有自己。

陈语蓉在给孙仲的回信上说,每个人都有自己对世事的理解和取舍。

她娓娓道来的往事如此触目惊心。

那年阿芙14岁,感冒引起肺炎,持续高烧不退。父母是教师,常年奔波于高考第一线,经验丰富,口碑极高,却因无暇顾及女儿而害了女儿一生。

医生诊断阿芙脑部受损,智力受到影响,只能维持在14岁到16岁的水平之间。

阿芙不谙世事,陈语蓉恨透了薄情的父母。他们会老去,那个时候,妹妹就是自己无法摆脱的亲情负担,形影相伴,直至终老。

在尚可逃避枷锁的时光中,她尽力享受人生的爱恨,清醒并痛苦。

"对不起袋子。"孙仲掩面，反反复复地呢喃，"我不知道，我不知道你知道，我真的不知道你知道，真的不知道……"

戴梓愣住了，不知过了多久，他明白了："是啊，我一直都知道阿芙是不聪明的，但那又怎么样呢？这个世上，那么多人自作聪明，到头来活得一点不开心。她傻不傻，我傻不傻，有什么要紧，开心就可以了。"

"不不，不是这样的。"孙仲忽然抬头，"生活是很艰辛的。她长不大的，她的智商就是那个水平，不会再懂事了，你是有恋童癖还是自虐症啊。"

"无论我工作到多晚，她都会一直在家门口等我，每天都等，看到我就高兴地笑。我累到说不出话，她那么爱闹的一个人也会安静下来。每天把屋子打扫得干干净净，闲下来读书看片为我学织毛衣。她说她的爱好是听我唱歌，最喜欢吃我做的小笼包。我带她出去玩一次，她可以开心很久。我把大部分的钱寄回家，她从来都不计较。屋顶被大水冲走了，她说星星很漂亮。我都觉得生活怎么这么苦，可她说很幸福，一辈子都要这样。"戴梓眼睛湿了，"孙仲你说，你还要她怎么懂事？我们一直这样，什么困难过不去？"

不是生活不简单，是人心太复杂。

不是我不肯为你当救世主，是你凭什么让我为你当。

很多时候，我们会计较，为什么抓不住那样的梦，为什么得不到那样的人。

因为我们舍不得这样付出。

可命运是一场博弈，我们的胜算太低。

往往都是这样，主角把前戏做足，结尾匆匆，不得善终。孙仲瞒住异乡参赛的戴梓，让阿芙离开。而后陈语蓉从大洋彼岸迟来的一封回忆信让孙仲悔不当初。

这么多的阴差阳错，怎么一个都避不开。

要是陈语蓉早些告诉他她们的秘密，要是他能早些打开信箱，要是他不为伊甸园左右戴梓的选择，要是他能够撕掉阿芙回家的车票。

余生，够他自责，也够他嫉妒。

同年底，戴梓以和阿芙的故事为背景，写下了《邂逅》。在另一小型歌会比赛上首度开唱，红遍全国，成为年度十大金曲。

　　有一天我终要离去 你也就应我所求

　　把我默默忘掉

　　种三碧美人桃 量一量离恨草 炒我掘好的野菜 梦我见过的月明

　　有一天你终要离去 我也不再信你盟约

　　把你悄悄想起

　　摘一串相思豆 擦一擦鸳鸯泪 倚你靠过的斜栏 识你仰慕的英雄

　　再没有看得上的人

　　也不会有睡得着的夜

出租车上，音像店内，收音机里，他的思念从未休止。

命运兜兜转转，失去和得到，永远都是锱铢必较。

戴梓离开了伊甸园，孙仲苦笑着说："走吧，是我对不起你。以后各人有各人的命，各人有各人的好，谁也别为谁出谋划策了。"

果真，什么样的梦想决定什么样的人，什么样的人决定什么样的爱情。

就此尘埃落定。

连轴转的高频率演出让戴梓忘记了忧愁。可他仍旧没有逃脱"94新生代"歌红人不红的命运。多年后，那些曾在幕后呼风唤雨的音乐人谈起当年的潮起潮落，各有言说。因为没有系统化的宣传与跟踪，像戴梓一样靠一首歌瞬间出名的歌手逐渐走向没落。有人转行，有人出国，有人沉落，有人继续在边缘挣扎。

浮浮沉沉，跌跌宕宕。这样的昙花一现，戴梓经历了，可就连他自己，都遗忘得迅速。

散落天涯的人再无重逢的契机，每个人走自己的路，看自己的风景，在这个洋洋洒洒的大时代，谁都不会为谁而停留。

改革开放30年，作为歌坛的启蒙军之一，已跨行为电台DJ，做深夜情感节目主持人的戴梓接受了中央台记者的访问。

"您曾是94新生代的一员，据说您唱过至少一千遍您的成名作《邂逅》。有人说您成名的时代是流行音乐的全盛时期，有最好的歌手和制作人。你们的经历造就了你们的感情，所以沉淀在歌声里的都是直指人心的力量，简单，温暖，透明。可你们的结局也迥然不同，有人离开，转行，避世，甚至吸毒被捕等等，似乎很少有人能再清晰地记起你们的声音和故事。请问，您对此是怎么看待的呢？"年轻的小记者,打扮中性时尚。

"你看'超级女声'吗?"戴梓笑着问。

女记者一愣,随即点点头:"当然。"

"我猜你喜欢李宇春。"戴梓一副理所当然的样子让在场的人忍俊不禁,"每一代人都有专属于自身的时代,不可抵挡,去无可留。无所谓哪个好,哪个不好。对任何人来说,它们都独一无二,历久弥新。"

戴梓听人说过,一天之中,最美的景致,当属月落乌啼。暗夜已逝,东方且白。将明未明,一切都是新的开始,一切都有新的希望,无论时代变迁,岁月辗转,无论人海陌生,曾经不再。

放心吧,总有一些东西能被记住,往事留有足迹予你慰藉,就像滚石的唱片,柯达的胶卷,光明的中冰砖。

这世界,有荒凉灾祸,也有明暖深情,周边人群熙攘个个平凡如你如我。下一秒是更糟还是转好,谁知道。

尾声

2000 年的钟声响起,烟火终归要亲吻大地。

无数人仰望星空,闭目许愿:下一个世纪,遇良人,圆好梦,朝朝喜乐,夜夜笙歌。

浦江夜景绚烂如火,在演播室做迎接千禧年直播的戴梓心如明镜,他能告别一个十年,亦能迎接一个世纪。悲欢散尽,名利看淡。

——眉间已放一字宽,偶尔唱一曲人间风光。呐,阿芙,这便是我的终局,你喜不喜欢,就这样了。

许我一树梨花开

楔 子

江南水乡的某一个小镇,时常会有旅行团的人乘着巴士进来。汽车到达旅店后,车门"吱呀"一声打开,有人踩着细长的高跟鞋,曳着丝绸长裙,一步步下了车梯。是精致的女子,棕色墨镜遮住了半张白皙的脸,长发浸在朦胧的日光中,女子戴上草帽,左手手腕上是一个景泰蓝手镯,镂刻着复古的花纹。

"哒、哒、哒"越过小桥,女子的身影便落入了高耸的石墙房,古老的青石板,鞋跟叩破了小巷的静谧。廊檐下的店铺纷纷合上了木板。

小镇是长情的,十年前的景象十年后如出一辙地落入女子的眉眼,她还是那个撑着油纸伞的江南姑娘,一低头,一顺眼,尽是风情。然后等不羁的少年执起她一双手,走到石路的尽头,和和蔼的老婆婆手里买过两个喜蛋,他剥给她吃,酱油不小心滴在少年的格子衬衫上,女子的皓腕下顺势开出一朵并蒂莲花。

当然,如果时光允许,可以离开氤氲的水乡,或是留下。嫁鸡随鸡,都是好的。

只是这些,也都无关紧要了。

One

如此这般,姜梨站在 18 岁青黄不接的路口。

无聊吹口哨,吵架爆粗话,荤段子一箩筐,耍起小聪明害人害己。贪恋红尘,活得无伤大雅。盼望有朝一日,大地春如海,仗剑走天涯。

当然，还要带上她家的大黄狗阿花。

1993 年，姜梨在桥河镇一心一意向小康生活开足马力驶去，坚信牛奶会有的，面包也会有的，一切都会好起来。

她很健康。她很富有。她永远热爱生活。

贺杨说，这位同学，姓姜，名梨，字阿 Q，表面没心没肺，实乃狼心狗肺，猪狗不如。越说越来劲，在生物课上，他欢喜得眉飞色舞，一个劲儿问，我概括得有义气吧！姜梨点点头，算作默认，而后，将手里解剖到一半的青蛙塞进了贺杨的 T 恤衫。

晓久劝过姜梨，待人要宽容，尤其是对贺杨，要是将来他对女人留下阴影可怎么办。贺杨此人，长相眉清目秀，雌雄难辨，易好男风。姜梨困惑起来，她嘟起嘴巴，翻翻白眼，回想自己实在没做什么惊世骇俗的大事逼他心怀不轨啊。当然，她确实承认，在众人涉世未深的某一个仲夏夜，姜小梨骗过贺小杨，说酷热难耐，镇委下令桥河开放一周，届时漂亮小美眉汇聚一堂，他可以禽兽不如地秀一秀引以为傲的六块小腹肌。可是天地良心，如来作证，姜小梨真没想到贺小杨会在不见一人的情况下仍旧扒光自己往下跳，被他的镇长爸爸亲手揪上岸，当着众人以正视听。过往种种，不提也罢。姜梨估摸，一场可以证明性别的鸳鸯浴对他来说过于重要，她给了他盼望已久的希冀，又让他在睽睽众目下惨遭羞辱。如此想想，她也确实猪狗不如。

经此一役，姜梨善心大发，告诉贺小杨一个生存之道，桥河镇的漂亮小妹妹只有姜小梨和晓小久两个，若干年后，桥河镇的漂亮大姐姐只有姜大梨和晓大久，其余都是歪瓜裂枣大头菜。奔向二十一世纪的四有青年，一定要安分。这种光天化日下为泡妞剥得只剩下小裤裤就全身心栽进桥河的行为是不科学的，是没有可操作性的，在民风淳朴的我们的家乡，是要吃大亏的。

六月底的桥河镇，阳光清清爽爽，冒着热气一股脑地倒在石路上。小桥流水，栀子花香，石墙房里的弄堂，绿荫一浪浪地涌来，水乡的景就成了文人墨下的画。浅浅的意境从叶脉里透出来。

姜小梨长成姜大梨后，依旧是桥河镇的活宝。以她为首，麾下的两只小蚂蚱，均要与她站在一根绳上，在阴暗的罅隙里，朝着阳光奋力生长。

桥河镇是千年古乡，教育事业不算落后。高二结束，就是兵荒马乱临阵磨枪的高三，姜梨像祥林嫂，一遍一遍告诉蚂蚱同胞们，她此生心愿，就是离开乡镇，离开生活十八年的桥河，为此姜大梨不惜弃车弃帅，她要过上富裕的生活，朝朝寒食，夜夜元宵。

贺杨似笑非笑，不以为然，他是一镇之长的大公子，前途无忧，坐吃山空。而晓久只是姜梨的小跟班，那一副哀伤的如画眉眼在灯光里浮现太多次，姜梨每一次都强迫自己无视之，左右两叠复习书是无坚可摧的屏障。

这个信仰缺失的时代，有人被乱花迷了眼，有人在岸边湿了鞋，她装聋作哑将良心剁碎喂阿花吃，老天总会垂怜一次吧。

亲爱的晓久，你说是不是？

Two

很多时候，人一旦立下方向，岁月早就轰隆隆驶过，带来一些人,又带走一些人,没有谁能陪谁到终点。姜梨说,生活是一个泼妇,可惜没有人相信。

就在姜梨揉着一对可以挂到嘴角的黑眼圈时,晓久走过来,在她面前招招手,笑着问,青霞姐姐的《东邪西毒》,我们去看吧?

姜梨正想喜滋滋应了,转念一摸钱袋,生生咽下口水。贺杨落井下石,你不会不去吧?王家卫导演,八大巨星联袂,绝对是华语电影的一大巅峰。姜梨正在做困兽之斗,贺杨叹了口气,从裤袋里掏出三张电影票,真不去?

毛主席说了,去!一定要去!

1994年的隆冬,桥河镇阴冷异常,一夜之间,千树万树梨花开,白皑皑一片覆在了苍青色的瓦片上。姜梨和贺杨并肩出了电影院,天气冷得她搓着冻僵的手直哈气。贺杨双手插在浅灰色的灯芯绒裤袋里,脖子上缠了条白色围巾。他有王子病,姜梨腹诽,从帽子到袜子,除了白还是白。她很忧愁自己会得雪盲症。

而更让姜梨忧愁的,是身后的晓久已经痛哭半小时,鼻子又红又肿仿佛碰一碰就要落下来。姜梨用胳膊肘推了推身边的贺杨,你去安慰安慰她吧,哭一哭,意思意思就成了,再哭下去她爸妈非揍死你。贺杨嗤之以鼻,姜梨,你以为谁都跟你一样,心硬得跟一块碳酸钙似的。

嘿!他娘的我的心和碳酸钙有个毛线关系!

晓久紧步上来,插在二人中间,消灭战火。

三人在亭子里避雪,晓久问姜梨,为什么欧阳锋那么多年都不试着回去找他嫂嫂,而是宁愿一辈子躲在茫茫大漠里等待光阴的宽恕呢?

贺杨用树枝刮着积雪,闻言噗嗤一声笑出来,有什么好找的?这叫性格决定命运,就算命煞孤星那也是他自找的,要是学学洪七,带着老婆闯江湖,事在人为多好。我倒是觉得,整部片子最有内涵的就是,刘嘉玲演的桃花怎么跟一匹马感情这么要好。哎,你说为什么?贺杨踹了姜梨一脚算是询问。姜梨瞪他一眼,吼,我怎么知道,我又不是马。

贺杨吃瘪,反击成功。

晓久又问,在这八个人里,你们最喜欢谁?姜梨认真想了想,回答,西毒。晓久问她为什么?姜梨摇摇头说,喜欢一个人哪需要理由,我讨厌鸡蛋女,她不是执著,是自私,这个年代哪有不劳而获的事情,不是每个人执著到最后都能碰见洪七,所以她是全剧中唯一一个不知结局的人。还有黄药师,爱一个人怎么可以伤害别人,懦弱又小气,真不如慕容嫣为爱成痴来得大快人心。

晓久听着,转头看雪地里的贺杨拿枯树枝学项庄舞剑。姜梨盯着凉亭前孤零零的几株梅,暗香疏影,何其好看,每一朵都为谁望穿秋水。

耳边,是晓久幽幽吐出的一句话,说,我喜欢黄药师。

十多年后,姜梨没有想到,《东邪西毒》会再次上映。那是2009年。她一个人从桥河的电影院里走出来,月色清朗,像水一样化开。多久以前,它照的还是一群孩子,说着和成年后不一样的话。命运早就换作别人的面孔,卜测过世人翻云覆雨的人生。

那个时候,欧阳锋说,如果你不想被人拒绝,最好的方法就是先拒绝别人。

可是永远不要以为，一个人说后悔是意味着假如时光重来他就会做出不一样的选择。

Three

快过年了。

桥河镇每家每户都忙活起了年事。挂灯笼，贴对联，自扫门前雪，进庙烧香拜佛。一株株许愿树上挂满了红绸带，西北风吹过，红旗飘飘格外招摇。

进屋后姆妈端出了热菜热饭，看着姜梨狼吞虎咽，笑着替她抚背顺气，慢点吃，又没人跟你抢，猴急猴急干吗？看见你爸了吗？姜梨塞了一嘴，直摇头。姆妈叹了一口气，皱紧眉峰，屋顶又漏水了，他回来可以修一修，大过年的也该给你添置点东西。姜梨点点头。

吃到一半的时候，阿爸回来，看见姜梨吃得香，笑着摸一摸她最近不怎么灵光的脑袋，提起一只烤鸭，道，囡囡前几天讨的，给你买好了，和你姆妈一块吃，要把鸭屁股留给我。姜梨再次点点头。阿爸转身进去，看见姆妈虎着脸，下意识抓抓脑袋，从上衣夹克里掏出皮夹，抽出一张一百块说，先把房租付了。一个人对着空气，啃着鸭腿，姜梨还是点点头。

寒假第一天，贺杨给姜梨打电话，楼下大爷叫唤的时候姜梨正在床上玩蹦蹦床。跑下楼，穿过小弄堂，冻得够呛，接过电话，贺杨嚷嚷，你是不是又撒丫子乱跑？姜梨说是是，有什么话快说，冻死了。贺杨叹气,真可怜,我正躺在被窝里呢。姜梨火了,你废话怎么这么多,你怎么不说你脱光了在河里啊! 贺杨嘿嘿一笑,说,大梨子,晚上老地方见,我有新货! 姜梨撂下电话,丢下五毛钱跑回了家。

晚上到点,姜梨装扮如一只保温瓶,坦然收到贺杨鄙视的眼神,以德报怨,由衷赞叹眼前的一对璧人:佳偶天成。晓久俏脸一红,贺杨一脚踹在姜梨的绒裤上,怒吼,滚去捡蛋。

很久以前,姜梨第一次在桥河镇过年。

她看见贺杨在桥河边拉一只火红色手风琴,晓久在一旁起舞,时而像破茧而出的蝴蝶,时而像振翅高飞的雄鹰。一个是镇长的宝贝独子,一个是全国少儿舞蹈比赛的翘楚。姜梨的身世很普通,父母离婚,父亲另组家庭,常年冷落。8岁时母亲改嫁,移民至海外。临行前,妈妈将姜梨托付给自己的妹妹妹夫。

姜梨知道,妈妈拿到绿卡,为新丈夫生下一子半女,生活稳定后,会接自己去美国。

贺杨的新货没有让姜梨失望。火树银花不夜天,娇红柳绿,如星如雾。贺杨拿一根烟火棒来到姜梨身后,悄悄点着她的发尾。姜梨闻到焦味,一脚踹在凶手的罩门上,二人齐齐滚到地上。

姜梨很开心,她哈哈吐着白气,对晓久说,给爷跳一支烟火舞。

贺杨身体一僵,立刻坐起来,恶狠狠瞪着姜梨,指责她的口无遮拦。晓久弯了弯眉毛,像堕天的精灵,荧光熠熠,翩翩而舞。

贺杨看得喜上眉梢,眼里尽是佳人倩影,姜梨抚掌而笑,有多少次,姜梨梦见晓久站在某国的皇家歌剧院里,对世人微微一笑,从此红尘颠倒。

　　晓久的脸蛋红扑扑，有些不好意思，轻声说，好久没跳，舞步都生疏了。贺杨急忙摇头，可漂亮了，早知道应该把我的手风琴拿来。

　　姜梨突然使起坏，把鞭炮往贺杨身上一扔，噼里啪啦，然后拉起晓久就跑，身后的贺杨满地打滚。

　　大年初一，三人去晓久家吃汤圆拜年。晓久奶奶给每人二十块压岁钱，贺杨死活不要，姜梨在旁直捅他，你不要给我。贺杨恶狠狠转过头说，你不要给老子丢人现眼，奶奶喷了贺杨一脸芝麻，晓久大笑。

　　那是最好的时光。

　　正月十五，夜，花市灯如昼。

　　桥河两头挂满花灯。火树银花的古镇，庙会喜庆非常。姆妈推门而入，走到姜梨床边坐下，问，宝宝，你怎么了？姜梨正在《水浒》里腾云驾雾，顺口回，等一等，马上就上梁山。姆妈夺过她手里的书，拍拍姜梨的脑门，你不是最喜欢赶庙会了吗？贺杨在楼下等你呢。姜梨朝床上一倒，撒娇道，人家不舒服不想去。姆妈不为所动。姜梨抱抱她，嘬嘬几句，我们要分开的，以后桥归桥，路归路，到时候多难过。

　　姆妈一愣，欲言又止，最后微微叹了口气。

　　她知道，姜梨的心思太深，人情恩仇算得清清楚楚。桥河镇里的姜梨是龙困浅滩，她总要浴火重生，过该过的生活，谁能阻挡她？姜梨可不怕弑神诛仙。

Four

新学期，光阴更似箭。踏岸沙，步月华，觑这万水千山，都只在一时半霎。姜梨开始习惯一个人的生活。一个人吃饭，一个人下课，一个人抱着沉重的课本穿过长长的走廊。阳春白雪，草长莺飞。江南水乡的味道又渗透在了三月烟花里。

四月底的一天，晓久来找姜梨。

她憋着眼泪，扯住姜梨的衣角，怯生生说，你可以不走吗？我们留在桥河，过平静快乐的生活，不是也很好吗？她问，你走了，我怎么办呢？我一直都是跟着你，你是我的信仰啊。

1994年，高考未必定终身。何况是在这样的古城小镇，出一个大学生是极其稀罕的。大多数人选择留在乡镇，过小农经济的生活，那时的教育体系远不如十年后发达和畸形，改革开放刚刚春风化雨。山的那一边是什么，对他们来说，根本不重要。

姜梨抬手指着湛蓝的天空，看，晓久，那是什么？

是云啊。

对，你觉得它们会在一起吗？

好像会。

不。其实永远不会。看上去它们好像在一个平面，可以契合，可事实上它们不处于一个高度。晓久，人生就是这样的。

晚饭时，因为多了一个人，气氛有点沉重。姜梨木着脸吃饭，一个声都不吭，一个屁都不放。

她口里的姆妈穷酸卑微，含辛茹苦养育自己的外甥女。而她心里的妈妈雍容华贵，心狠手辣抛弃自己的亲生女。哦不不，只是迂回战术，姜梨这样安慰自己，她需要先让自己过得好，才能让我过得好。姜梨点点头，向自己肯定。

女人温和地拉过姆妈的手，说，妹妹，这些年多亏你们替我照顾姜梨，大恩大德我永远也不会忘记。现在她要高考，考不上国内最好的大学我就带她出国。这笔钱，你们就留着吧。

白色支票，姜梨只在港台剧里看过。

她问，多少钱？

女人说，十万。

姜梨摇摇头，太小气。

姆妈瞪了姜梨一眼，叱喝，闭嘴。

阿爸在一旁推搡着，这钱我们不能要。

姜梨接过支票递给姆妈，干吗不要，你们傻呀？

女人眼眶一红，这孩子心里是怨我的，她只认你们。

姆妈急忙说，阿姐，快别那么说，孩子心里要是不惦记你，怎么会同意跟你走呢？

姜梨撇撇嘴，应道，要是你没钱我就不走。

说完姜梨知道姆妈真要发飙了，急忙跑出了家门。靠在巷子里，巷口出去就是桥河，桥河环绕着整座小镇，河上又驾起许多古桥，纷纷扰扰，环环绕绕，真像人生。月光下，少女恬静的眉眼，象牙色的皮肤，海藻般浓密的长发；少年轮廓分明的脸，挺拔的背影，瘦净纤长的手指。女孩忍不住冲进少年的怀抱里痛哭，少年缓缓抬起了双臂。

有的时候,人的一生,就是这样,渐渐结束的。姜梨转过身走进弄堂。

贺杨找到姜梨。

他逼问,你要走了? 你不是恨死那女人了吗? 你姨父姨妈把你养大,你就当个甩手掌柜,这么贪慕虚荣,口是心非,姜梨,我对你真失望。

姜梨无所谓地笑笑,贺杨,燕雀安知鸿鹄之志。我应该过上更好的生活,我要过上更好的生活。这是他们欠我的。你知道天安门广场能容纳多少人么? 你知道从金茂大厦看下去人有多么渺小么? 你知道商场里的名牌裙子要多少钱么? 你知道一杯可乐在咖啡馆里的价格么? 你知道从小学钢琴和奥数的男孩子有多讨人喜欢么? 这些本该都是我的生活,可我来到了桥河。

贺杨说,既然这样,你永远不要回头。

Five

阿爸说,囡囡,阿花死了。

姜梨看到它无声地趴在地上,没有任何起伏和生气。她想,它是不是真的为了一串山楂葫芦和她耀武扬威过。姜梨下意识地转身想去找贺杨,可是他说,你永远不要回头。

走过去,顺着阿花的黄毛,姜梨最后一次把秘密告诉它。

阿花,你知不知道,知不知道,知不知道。

她真的看见那群坏孩子在贺杨的自行车上动手脚,也看见晓久穿着淡粉色衣裙笑着搂住贺杨的腰,谁的衣袂飘飘,谁的裙角招摇,山丘上的梨花开得多少浪漫,谁又在丛中笑。

那个时候,姜梨却只能躲在树后,冷眼旁观他人的幸福。

后来,镇里传开了那场车祸。

晓久的左腿永远比右腿短了 1.5 厘米,公主的光芒褪却,黯淡得连尘埃都不如。晓久说,多少年,只有你们对我不离不弃,相信我一如当初。

贺杨是因为愧疚。姜梨呢?一个本可以阻挡灾祸改变命运的人,只能更加愧疚。

这一切,只能放任梨花知晓。

姜梨没有参加高考。

到飞机场,车马辗转四个小时。那一天,天晴风暖,阿爸去了工地,姆妈进庙祈福,桥河镇的菩萨,都说很灵,姜梨不知道是不是。不过她笃定,除了自己,故事中的所有人一定可以幸福地生活在一起。飞机起飞,身边人替姜梨盖好毯子,动作生疏而僵硬。

她闭上眼睛。谁压抑的愤怒,谁隐忍的成全,谁黯淡的嘲讽,谁一生的悲伤,都在轰鸣声里,落在了桥河。

Six

十年后。

看见有客人,旅店里的老板笑着出来迎接。

女子颔首浅笑,老板,桥河比过去繁华。老板一愣,打量眼前的年轻女子,脱口而问,您也是桥河人?女子笑而不答。老板见着她的模样,心里也有了几分底,估摸是早年离开桥河的人回乡省亲或是旧地重游,便撂开了话匣,十年前镇长的儿子去了北方大兴土木工程,风生水起,赚了不少钱,在桥河投资了好几个项目。如今的桥河,是旅游胜地,名声不小啊。

女子点点头,转身在茶摊前坐下,轻声道,老板,上一壶绿茶,来点梨花膏。老板应和着,这位小姐果真是个行家,不少人都冲着我们这儿的梨花膏来一趟桥河。女子抿嘴不语,仍是点点头。

敢情碰到了同乡,旅店的伙计也热情异常,从肩上撂下白巾,使劲擦着木质的坐凳,擦得像是涂了一层薄薄的油,泛着透亮,可是干净,上面堕着厚重的人情和风尘味儿。

傍晚时分,女子出了旅店,来到桥河边,不少游客都花钱坐上了乌篷船,吃岸边买来的臭豆腐,穿过一梭梭桥底。桥河的水清清凉凉,鹅黄的月色熨开一重重的细浪,像妇人眼角的尾纹,波澜不惊,所有的悲喜都是庄周的蝴蝶梦。

桥河有个不成文的约定,如果有人去世,就把坟安在桥河的山丘上。季风回响在寂静的山头,墓区一直安静,祖辈父辈的人都葬在一起,生生世世都是桥河的人。

碑上嵌着一张墓主儿时的照片,两只眼睛透着稚气,笑容清甜,连烟火气都不含,纯净得像一汪山泉。

晓久,我回来了。

下山的时候,夜色已经深重。远处河岸的熙攘声音传来,万家灯火弥漫,照亮多少人悠长的梦境。以前读易安词,有一句,物是人非事事休,欲语泪先流。当时总觉得矫情,现在看来,还真是。岁月冗长,偏偏又不允许人轻易放开过往的情怀,雷峰塔里的白娘娘如何潜心修了行? 是不是时刻念着许仙早已经再世为了人与你毫不相干? 姜梨淡淡想着。

回到旅店,老板出去进货,老板娘站在柜台前结算一天的账,长长的头发挽成髻,身着旗袍。她本身并不很美,只是气质尚佳,桥河的人都是。

贺杨真傻,他应该把这儿投资成影视拍摄地,人和景都是现成的,保准比横店更好。姜梨低头笑笑。

老板娘见姜梨回来了,走出柜台,问,去哪儿玩了? 见着亲戚没有?

姜梨摇摇头,亲戚都走了,随便看一看。

老板娘"哦"了一声,又问,你离开这儿有多久了?

姜梨仰起脸,答,快十年了。我走的时候才18岁,跟母亲去了美国。

老板娘一脸惊艳地看着姜梨,你们家境挺富裕,那年头我们这儿穷乡僻壤的,美国在哪儿都不知道。

姜梨不答。老板娘也自顾自地说开了,十年前……哎,大概你也不知道,那一年发生的事可多了,就有一小姑娘,跟你差不多大,好端端一人,想不通就……哎……要说起来,桥河能有今天,也少不了她的关系。

姜梨静静地看着她,轻声问,知道为什么吗?

镇上的人都说她要和镇长的儿子结婚了,偏偏这前任镇长撂下话,不接受自己未来儿媳妇是个无能的跛子,婚事就给推了。你说这流言蜚语传开，人家小姑娘还怎么做人，大概一时想不开，就走了。也真是作孽啊。

姜梨点点头，只觉心口有块铅，抬手揉了揉眼睛，问，那后来呢？

后来啊，后来那男孩和家里决裂了，拒绝继承一切财产，搬了出来。

去了北方？姜梨接过她的话道。

不，要是这样也没什么难得的了，他留在这里照顾那女孩的奶奶，可惜老奶奶受了打击很快就过世了，他才卷铺盖走人。这孩子，真了不起。

见姜梨很久没答话，老板娘又说道，你还别不相信，这都是千真万确的事，我们桥河的人都知道。他走后镇长气得生了一场大病，说什么不肖子只管别人的爹娘。不过这人也奇怪，听说他出息的几年后回过一次桥河，没见亲爸，却接了另一对老夫妻去了北方……小姐，你怎么了？

没什么，有点累，先回房了。老板娘点点头，意犹未尽地目送姜梨上了木梯进屋。

Seven

六年前姆妈有过一封信。

信上只是最普通的一些问候，没提任何事情，只在结尾时提起要和阿爸去北方生活。勿念。

不念就不念吧。姜梨苦笑，当时她并不知道母亲手里还有姆妈的另一封信，诉说了一切的离合。母亲半年前才把它交给姜梨，说这是你姆妈的意思,她不舍得你太伤心。姜梨含泪接过信。

晓久自杀,贺杨出走,这些消息因为有心人的隔离,晚了整整十年才传到姜梨的耳里,并不太难以承受。

这样也好。姜梨想着,又抬起手臂狠抽自己一个耳光。

姜梨见了老镇长,风烛残年,佝偻无神,早不见当年一把将贺杨从桥河里拉出来训斥的雄风。他坐在轮椅里,看夕阳无限好,久久沉默。姜梨看着他的背影有点难过,她不知道,姆妈和阿爸会不会也这样看着大西北的天双手合十为她祈福。

走过去推着他的轮椅,姜梨喊了一声,叔,是我。

老人忽然就哭了,说,连你都回来了,那孩子怎么还不回来啊。

临走时,耳边传来老人的叹息,留下吧,他知道你留下也许就会回来。晓久的事,是我做错了,可我不想让自己的儿子因为愧疚背上一辈子的责任。你们那个时候多年轻啊,都是一群孩子,怎么会明白一个父亲的心呢?

姜梨笑着说,叔,等贺杨也当上爸爸,就明白了。

老人在黄昏里笑了笑。

Eight

姜梨决定留下执教。桥河的学校多了起来,大半是贺杨的功劳,都配备了极其专业的舞蹈房。不过姜梨选择留在母校。

校园还是大,经常有学生嬉笑打闹,追逐奔跑,姜梨会和他们一起玩。

在孩子们的嘴里经常会听见熟悉的名字，他们说从前有个很好看的阿姐是桥河叔叔喜欢的人，后来她去了很远很远的地方，给桥河带来了福泽。

他们问，老师，你知道这个传说吗？

姜梨每次都会告诉他们，那不是传说，是你们每一个人都要懂得的人生。

桥河最美的地方是长情，那些逝去的故事和逝去的人，永远都是这个镇上不朽的传说。

他们都是这个世上的传说。

梨花渐渐匍满了山丘，又是一年灿烂。

世事百转千回，姜梨终于明白了欧阳锋为什么回到了白驼山，也许他说得对，当一个人不再拥有的时候，他唯一可以做的就是不要忘记。

人是会变的。

你以为值得放弃一切追求的东西，其实未必真的值得，而你觉得可有可无的东西，倒牵绊了一生。亲情，友情，爱情，理想，责任，没有谁能够尽善尽美，但我们是真的拼尽所有为那一刻我们最珍视的东西努力过，没什么对错，只不过人要成长，岁月要流逝，我们在乎的东西总是跟光阴对抗。

就像曾经有个你想阻止一个人离开，可回首已经有人用一生等待。

那月光下相拥的你的无奈，看不到巷尾转身离去的我的悲哀。

如果梨花真有看到。

他朝两忘烟水里

小学篱笆旁的蒲公英,是记忆里有味道的风景。午后操场传来蝉的声音,多少年后也还是很好听。

One

1994 年夏,雨水充沛,午后有热风。城市桥路坚固,隧道光明。

巴士停在大剧院门口,人潮涌动,空气逼仄,远近有黄牛暗地贩票,后座附送望远镜一枚。我心急火燎钻过人群,买两碗五角钱豆腐花。江燃,你就这样跑了过来,露出几颗大白牙,手里捏着五毛钱纸币,眉间一字宽,义气逼人,说:"你五毛我五毛,咱俩才能算一块。"嗯,那年的江燃,言辞精辟,一语双关,走起路来活像只板鸭。我笑得极浅,心里却盛满了花。

14 岁生日,学校下血本庆祝,请来专业戏班,表演舞台剧《胡桃夹子》。我们作为学生代表,轮流上台讲话,拥抱老师,袖口别上清甜的香花。舞台上的苏浅,皮肤微黑,个矮胸小,未见得有多美,可野百合也有春天,你说过的,我眉目凌厉,笑容开明,举止间自成一派风情。

江燃,这真是我有生之年听过的最好情话。

成年后辗转街头,奔波生计,岁月重重如当年月色衬在妇人眼角的细纹。在橱窗外看见那张桃花面影,再无悲喜可见。你猜得对,那便是我日后的结局,万人中央,两袖清风,亦未能和意中人共白头。

全场起立,伸手宣誓。昔日有梁山众好汉,立投名状。说生死不离,大赦天下。

我闭目许愿,求满天神佛还天地清明,有春花秋鸟,顺便赐你一生乾坤静好。你的声音就这样从心底炸开:"浅浅,在一起吧。"江燃,我总是记住那个时候的,青春比任何时候都像一条鲜活的鱼,城门尚未失火,有什么比我喜欢的人也深深喜欢着我更好呢?

睁开眼睛,看见身旁的欧阳荻双手一颤,蛋糕落在花色短裙上,前排的陈琦听到动静,回过头一记糖炒爆栗,挑起好看的眉,两手一摊,说:"真笨。吃我的。"

欧阳荻撇撇嘴,食指挑起一朵纯白的奶油花,往陈琦脑门上一摁,吼:"你才笨,你全家都笨! 你欢喜的那个陆无双最最笨!"陈琦的脸顿时血气上涌。

如你所见,那便是我们辗转十年的源头。我小心翼翼,端上佛家说的那枚因果。从此再无可说。

Two

2008 年初春,金融危机席卷南北半球,华尔街股市低迷,空气中一片肃杀之气。回城的那天,阳光极好,穿过琼花树的叶片落在肩头。黄历上写着:诸事不宜。

我在街边的一家馆子里吃川菜,仰头灌下啤酒。电视里放着上世纪 90 年代红极一时的港片,张曼玉笑颜如花,黎明,单车,熙攘人群,梦想与现实擦枪走火,遇见一场爱情,那人,那事,结局未卜。《甜蜜蜜》第一次在影片中作为主题曲响起,岁月尚未碾过剧中人的眉眼。

前桌的情侣吵架，男人把挑好刺的剁椒鱼头递过去，女人一声不吭地嚼着凉拌海蜇皮，声音凿凿，然后招来老板，要一碗乌梅汤，酸甜滑爽，喝下去火气顿时消了大半，转过头告诉男人："总之一句话，房产证上不把你妈的名字去掉，这婚谁爱结谁结去。"

故事整整绵延了十年，从香港辗转至纽约，黑道流亡，街头枪杀，李翘失去了那个愿意为她纹上米老鼠的矮个男人，在异国的他乡。那些曾逼她亲手放弃黎小军的东西，同样教会她对枕边人好丑不相离。一场无关风月的爱情，她那样失声痛哭。

失魂落魄地跳下车，追着黎小军的背影跑过几条大街，呆呆地看着他离去。从此江乡夜夜，无关故人。真喜欢那时候的张曼玉，一低头，一顺眼，仿佛一生就结束在唇齿边未来得及漾开的笑里，演得极好。

江燃，你也觉得残忍吗？那些过错和错过巧得这样离谱，偏偏就发生。

男人突然站起来，拍拍女人娇俏的脸，说："宝贝，这婚，老子还真就不结了。"女人愣了愣，随即放声大哭起来："陈琦，你不是男人！谁答应过永远爱我永远对我好的？就一套房子你都不乐意！你妈都同意了。"

"你他妈才同意。"

电影入了尾声。各大电台播报着国内新闻："风魔海峡两岸的著名歌星邓丽君于北京时间5月8日在泰国去世，终年42岁。"她低头，转身，捏着回乡的机票，在纽约的街头匆匆行走，他亦如是。生活还在继续，总有一些往事要离开，总有一些人还愿意回来。再见,中间隔着滔滔的流年。橱窗里的歌声依旧,她对他甜甜一笑,惊起岁月长河中的一滩鸥鹭,悲喜散尽。

我总是忘记,人生何处不相逢。陈琦的声音缓缓在耳边响起:"苏浅,是你么?"

女人止住尖叫,眼光狠狠剜了过来,娃娃脸,右眼角下一厘米处有颗褐色小痣,虎牙微露,活脱脱一个翻版欧阳荻。

真是的,江燃,明月夜,短松冈,你坟上的白杨若能砍下也能显出好些圈数了。明明已经过去多少年,明明谁也没有忘记谁。

Three

那时,有多少人羡慕着我们。江燃你不知道。

在数学课上,剥一颗展望生命蛋,壳上有你画的流川枫,配一句海子的诗。这些年被我丢掉的白煮蛋数目惊人,你说如果它们好好活着,我已经是一个鸡场老板娘。创意是陈琦的吧,欧阳荻说,每日他都会送一个鸡蛋给陆无双,写满歌词和肉麻的情话。可我不揭穿你。

中考过后,我们一起升入了本校高中部。你结党营私,我招摇过市,岁月未曾磨砺青春的眉眼,忘记他们说过的,这世间最后一切,终必成空。

欧阳荻撑着脑袋,回头拿起陈琦的笔袋,挑支细长的圆珠笔盘住头发,手法利落。陈琦问:"怎么转的? 真好看,回头教我们家双双,让她给我唱范晓萱的歌。"欧阳荻看着我,伸出中指朝后面比划了下。

高二选科,陆无双转进文科班,被人嘲笑胸大无脑。17岁的欧阳荻,泪痣,虎牙,眉目稀疏寻常,说话尖酸刻薄。她痴恋陈琦,无人不知晓。座右铭写在周记本上,是歌德的名句:我爱你,与你无关。可是彼时的少年陈琦,一张酷似谢霆锋的脸,穿黑色的卡其裤,腰间别着BP机,校外停着一辆雅马哈,满心满目,都是校花陆无双。

我总想,也许再过十几年,美人迟暮,欧阳荻痴心未改,终究是有机会变成陈琦心口的朱砂痣的。

这样想想,命运并未有丝毫待我们不公。江燃,在上世纪的课堂,防火防盗防早恋,可我们相爱这么久。1998,香港回归的第二年。齐达内成全了法国世界杯,啃着鸭脖子,喝着冰镇的青岛啤酒,无数人记住了罗纳尔多千古遗恨的脸。我们正式步入高三下。

第二次模拟考,你依旧牢牢占据理科榜第一,陈琦紧随其后,我夺探花。那时候真苦,每天睡不足五个小时。除欧阳荻外,三双六只熊猫眼。说要一起考上北大,读经济,混入美利坚众联合国赚人民币。北望中原,一世晴好。

那是什么时候,世事皆得我意,我以为。

Four

陈琦的酒吧开在闹市区。晚间驻场的乐队散伙,去护城河旁边乘风,吃烧烤。三块钱一串的奥尔良鸡翅,撒上孜然粉,配一罐王老吉降火。陈琦说起这十年间的遭遇,天南地北,言之凿凿。

也只是一个普通商人的发迹史。遇过不平的事,爱过各色的人，依旧相信爱情和梦想，只是他再也不需要它们。江燃，你要体谅时光的峥嵘，每一个少年，都会有死去的那天。

1998年高考前夕，陈琦放弃了北大的保送名额，在月色晴朗的夜，亲手推开哭泣的欧阳荻，伴着初夏的风，步履坚硬，一步也未回过头。我不知道是在多久以后，陈琦才意识到自己的心早就被那个人攻城掠寨，鲜血四溅，而从开始的开始，到最后的最后，自己却浑然不知。

高考失利后，陈琦在大专内攻读无人问津的纺织学，每隔半月都会北上看望心上人，火车脏，乱。一年后，陆无双提出分手，"你都这样了，咱们好聚好散吧。"晚风扬起纯白的裙，这个他喜欢了整整一个少年时代的女孩，眉如远黛，前程似锦。站在暮色四合的大学校园内，有三三两两的情侣牵着手走过他们身边，嘴角都噙着浅浅的相似的笑，地上是萎了一地的辛夷花。陈琦说"好"的时候忽然想起那个被他辜负过的女孩，泪痣，虎牙，头发上插着他的考试幸运笔，在数学课上对他伸起过中指。他其实都看见。

可是已经没有未来。那一场兵荒马乱的盛世青春，他带她看一场硝烟战火，她为他抵挡刀枪扑落。17岁的欧阳荻，爱得这般惨烈无望，可惜她的少年再也不会用蓝黑色的钢笔在她雪白连衣裙的背后随手画出个爱心。

江燃，我在华尔街的高层大厦里埋头工作，格子间对面是个金发蓝眸的帅哥，会温柔地笑，用蹩脚的中文对我说"浅浅，在一起吧"，我忽然就笑了起来。

你说得对，世事诡异多变，切不可轻言天地久远。

Five

北大的保送名额下来,你和陈琦根据第三次模拟考进行公平角逐。

我18岁生日,陈琦跨到台上跳起恰恰,我喝着橘子汽水,笑到肚子疼,身边欧阳获忽然问道:"江燃呢?"在歌厅门口分手,北极星悬在天边,街灯一路亮起,冲淡月色。你站在巷子尽头的路灯下,伸出手,说:"浅浅,过来。"

我们去了路边一家棋牌室。昏暗的屋子,有烟,酒,空气混浊。我们玩儿斗地主,不坐庄,你负责切断地主一切后路,让我只管放心出牌。我懂,一人得道鸡犬升天嘛。

赢了钱,在街上兴奋地大笑。岸边大排档人声鼎沸,收音机里放着一首红透两岸的新歌。张震岳一身摇滚味儿,撕心裂肺地问,是不是我的十八岁,注定要为爱掉眼泪。

记住那个时候吧,你说过的,白日放歌须纵酒,青春作伴好还乡。无论岁月怎样摧枯拉朽地咆哮过去,我还是可以看见当时的满月,有清风入耳,在苍灰的夜,一对恋人相拥街角吻别。

因为第二天,你决定彻底消失在我的世界。城市的凤凰花开了又谢,千禧年的烟火早已散落在上个世纪的夜。我再也没有听到过你的音讯。唯一不记得要忘记的,是你眉眼沉沉,转过头对我说:"从今天开始,我们的人生就是一场赌博,庄家很厉害,可只要有一个人幸福,这局就是赢。"

那是1998年,命运赏了我们左脸一记响亮的耳光,我屁颠屁颠地把右脸也贴了上去。忘记青春最美的事情,是有一个人愿意陪你看最好的风景,哪怕不能一起垂垂老去,说某年某月,你洗坏的一件衬衫,我包坏的一张饺子皮。

这是不是最好的结局,我们都已经不计较。

Six

一直没有告诉陈琦的是,五年前我回过一次家乡,配合警方处理你的后事,也顺便回来,看看你的养父母。他们的老花眼镜度数又深了,在养老院里整日上网挂 QQ 炒外汇。世界变化得太快,千禧年后,中国经济腾飞,有太多的民生问题值得关注,渐渐地,也就不再说起你了。

遇见欧阳荻的那天,我正在一家饭店里相亲。对象是亲戚的朋友,原本吃茶品酒,相谈也算甚欢,席间他问,为什么高考放弃 A 大而要留在本地的一所二流学校。我说,因为美特斯邦威,不走寻常路。对方微微一愣,没有出现言情小说里男主角因为女主角特别而爱上的狗血桥段,找个理由匆匆走了。

一个人喝着茉莉花茶,转头看去,外面的女子脸上有颗痣,虎牙,在车水马龙的街,距一窗之隔,双目平静地望着我,很久很久。然后,她轻轻扯动了嘴角。仿佛有什么利器划开时光的口子,带着鲜血的记忆汩汩而出。

江燃,你知道吗?她的小女儿很漂亮,像个瓷娃娃,扬起手指着我问欧阳荻:"妈妈,那个阿姨怎么哭了?"欧阳荻笑笑,双手抱起女孩,没有再回头。

她永远都不会知道,她爱的那个少年,从没有说过爱她,可是他爱上的人，都像她。

每个人都有失去。就这样了吧，江燃。江燃。

当年，欧阳荻撬开了我书包里上锁的日记，看到所有我亲手写下的关于你的秘密。在我 18 岁生日的那天，对你开诚布公。

她说："江燃，你是一个孤儿。你们那么用心地在一起，那么努力地生活。我希望你们能够平安幸福，永不分离。这点，你要相信。"

"好，那么你知不知道，你的养父和苏浅的爸爸是很好的朋友。当年你的养父母选中两个小孩，还是苏浅的爸爸挑定了你。你的亲生父亲罹患骨癌，你妈妈花光了所有的积蓄，你被遗弃在医院。当时医学并不发达，他们领养你的时候没有想过癌症与遗传相关。

"还记得那年学校办舞台剧庆祝 14 岁生日吗？苏浅在前晚无意中听到他爸爸和你养父的谈话，根据中考体检出来的结果，搜索了你父亲在那家医院的留存病根。遗传病因蛰伏十几年是常有的事，等到可以诊断出结果，早年症状也并不一定明显。他们隐瞒你，放弃早期治疗，也许是为了尽可能让你多过一天正常人的生活，也许是因为负担不起长期的高额费用，可一旦错过黄金期，就是死路一条，你需要的是治疗和静养。当然，苏浅一直在为你做斗争，你养父母心意已决，苏浅的爸爸对他们又心怀愧疚，抗议只能无效。这段日子为拼搏高考，你的身体情况你心里清楚。

"江燃，我真的很遗憾。"

Seven

2008 年 6 月。城市渐渐入夏。季风低吼。世界远离战火。

我离开的那天,陈琦去民政局登记结婚,没有赶来送我登机。新娘是那个酷似欧阳荻的女人。因为哀悼汶川地震中的几万亡魂,陈琦将婚礼推迟在一个月后。那时,我也将嫁作人妇,他有金发碧眼,说过与你相似的话。不知道陈琦是不是真的把他妈妈的名字从房产证上删掉了。江燃,每个人到最后都要向生活妥协,无关道义。

　　你失踪的一个月后,陈琦拒绝了北大的保送名额,狠狠打了欧阳荻一个耳光。欧阳荻南下深圳,列车外,原野空荡,偶然有成片的秋荻花。她想起中考后的暑假,在碟片屋里,我们看一块钱租来的《英雄本色》,被小马哥迷得晕头转向。你和陈琦在一旁杀象棋,他马炮皆输,只凭你万夫莫敌,兵临城下,抬头望见欧阳荻佯怒的眉眼,遂决定战死到最后一卒。电影结束的时候,转头看去,棋盘上只留着一个光棍司令,一个空军将领。原来是这样,目空山河,两败俱伤,她笑得如八月的骄阳。

　　灰姑娘用水晶鞋敲坏了王子的南瓜车,只好跟着巫婆骑上发了福的白马住进非洲城堡。

　　那便是少年终老的结局。

　　而我也将不再记起,那个清风朗月的夜,你站在昏暗狭窄的楼梯口,对知晓一切依然深深爱你的我,那样感激虔诚地笑。

　　我说,再见,江燃。

小城故事

七月流火,九月授衣,正是浅江该涨潮的季节。

她知道,如果等天色晚些,退了潮,沙地里一定会留下大小不一的钉螺。那是她的家乡,她在那儿闻过金黄的稻花香,戴过清香的荷叶。只要她一闭眼,眼里就是那片盛开的紫云英,在她离开的那年,沿着一路,开得醉人。

下了火车,拖着行李箱,天气有些热。抬起头,明晃晃的阳光刺痛眼睛,她本能地伸手挡住双眼,瞥过头,眼风一转,看见路边驻扎的小贩,走过去买了一碗绿豆汤,五毛钱。她接过陶瓷碗,碗口还黏着来不及融化的白糖。低头喝了几口,甜,香,浓稠至极。

心满意足地抬起头,把碗还给老板。

老板是一个发福的中年男人,臃肿的身躯藏在纯白的汗衫下,颈上挂着条毛巾时不时撩起来往脸上狠狠地抹一把。一会儿工夫,跑来一个脏兮兮的小孩,梳着两挂羊角辫,一把抱住男人的腿。男人将她递过去的钱随意却迅速地塞进胯间的帆布包,弯下腰抱起小孩,亲了一口。

她回头拉起行李箱杆,顺势揉了揉眼角。就低眉抬手的片刻,身后隐隐传来一个低沉好听的声音:"这汤真解渴。"

她上了一辆烈日下四处揽客的黄包车,懒得回过头看。人世间美好的事情这么多,却未必每一件都值得让你频频回首。

就像记忆里那条长长的石子路似乎永远都没有尽头,她坐在父亲的三轮车上,轻易地就让麦田将她的整个视线染黄,溪边的桐花簇簇,绛紫微白,溅满枝头。那时,偶尔还是能看见田间农家人生火时的袅袅炊烟,划过青黛色的天空,温软如缎。

从厂子里下班的父亲,载着她回到家门口,灯帽搁在电线杆上,像极了一根黄豆芽。

杳杳经年,事实是,脚下的石子路早就被岁月磨平了棱角,她丧失了记忆里的颠簸感,于是什么也都看不见。

二

车夫很快就把她送到了一家旅店。领了钥匙,上了水泥台阶,她咬着牙,鼓起腮帮,拎着厚重的行李箱颇是吃力,楼梯里有三三两两的人上上下下,大多是看客,偶尔侧身让个道,没人会伸出援手。

因为不会有东西比人心更坚硬。她比谁都清楚。

跟着父亲去大城市生活的时候,她也只有 9 岁,家乡的口音很重,穿着土里土气,没人待见。挽起裤脚趟在河水里摸鱼的日子是再也不会有了,托着圆鼓鼓的腮帮坐在青石板上盼望母亲归来的想法也不会再有了。坐在教室的一隅,她每天只能很认真地听课,肌肤相抵,正午的阳光将课桌晒得滚滚烫。

晚上等待父亲拖着疲惫的身躯从厂里回来,换掉工作服,然后神奇地变出一桌子饭菜,可她还是不知道,她嘴里津津有味咀嚼着的,是一个父亲的生命和精血。

当天花板上的涂漆一点点地脱落。

她终于触摸到了岁月的痕迹。人生不是一出戏剧,一场电影,屏幕一暗就能换了人间,主人公的辛酸落寞一笔带过,从此以后,精彩情节粉墨登场。真实的情况往往是,贫穷、孤寂和不甘无时无刻不销筋蚀骨,当故事终于能开始,主角早已面目全非。

外表温存,内心凉薄。不是谁生来就会这样。

多年后,她还是会时常记起那一幕,他阔步从她身后踏上楼梯,迅速掠过她手里沉重的负担,她以为遇着歹人,本能地用力夺回,张嘴正要大叫,他只回眸轻轻一笑:"小孩,我帮你。"

她想起古龙说,世间无人能挡江枫一笑。

大抵如此。

三

打开门,简陋的房子,冗长的光线从门口逼入,细碎的微尘在空气中漂泊。窗外,是一条狭窄的江流,远远望过去,就能看见大片绿色的浮萍。

靠着木枢,推开窗户,隐隐的异味扑鼻而来,她顿了顿,"啪"的一声,用力撞开了所有的窗户,然后五体投床,无比心安。梦里光影交错,她一会儿行走在城市的霓虹中央,来往人群戴着牛头马面的面具行色匆匆;一会儿又赤着脚在老家的门口踱着方步,灰黄的墙面落满了凹凸不平的小坑,上面挂着巨大的红色横幅,内容促进城乡一体。她拿出捡来的粉笔头,在红布上写一二三四,画娇艳的白花。

醒来的时候,天光温暖,她睡了足足十六个小时,耷拉着迷迷糊糊的脑袋,下了楼,去吃茶点。

他正坐在四方桌的一边,翻看着镇上的小报,间或品一口茶。听到动静,抬眼,四目对视,微微一笑。那年,《大明宫词》轰动了全国，长安城夜色如魅，花市似昼，年幼的小太平掀开来人的昆仑奴面具，也是那么清浅的一笑，惊扰了大唐公主孤寂的魂。

巨大的遮阳伞下，她坐在他的对面，招手要了碗白粥，撒上细细的葱花。吃了一半，开始往里面添油加醋，瓶瓶罐罐发出声响。他果然问："小孩，这样好吃么？"

她心满意足地点点头。他笑了笑，眉角有细细的纹。

"你也是来旅游的吗？"一嘴的怪味，她鼓着腮帮问。

他微愣，也点点头。

喝到碗底，看见一朵青色的莲。

远处卡车滴滴叭叭地驶来，驮着冰柜电视木凳方桌，一家人坐在车后笑容晴朗，眉目开明。她微哼，撞上男人闻声而来的目光。车子开过，扬起漫天风尘，她捂紧嘴巴起身进了旅店。

之后的三天，她都没有见过那个人。第四晚，她在浅江滩上站了许久。直到身后有个清冷的声音响起："昔日清军兵临城下时，钱谦益的爱妾柳如是劝他投水自尽以保气节，钱答：池水冰冷，投不得，因此决意降清。"她诧异地回过头，他在月光下唤她一声，小孩。

他一点不老。逆着夜光看过去，眸色极深，眼角微微上翘，睫毛细长，浓密，如同一纸小扇。

她低下头，抿紧嘴。一时间两人静默良久。细细的晚风吹散了白日的热气。九月。秋老虎。

"我21岁了。"她绞着手指，神情局促。他讶然笑道："你看上去好小。"

"我参加了四届高考。"她回头对上他的目光，"只考一所学校。到死为止。"

144

他笑起来有浅浅的梨涡:"哈,真是个小孩。我像你这么大的时候,只想走出家乡,龙灯花鼓夜,长剑走天涯。"他问,"喜欢听歌么?"

她摇摇头。她的生命里没有一切娱乐活动,她不需要。浅江在月光下静默地流淌,像是雅鲁藏布空灵的雾霭,他的声音就那样传来——

> 我思念的城市已是黄昏
>
> 为何我总对你一往情深
>
> 曾经给我快乐也给我创伤
>
> 曾经给我希望也给我绝望
>
> 我在遥远的城市陌生的人群
>
> 感觉着你遥远的忧伤
>
> 我的幻想

一曲终结,他吸一口气,拍拍胸脯,自嘲地笑道:"真是老了。"他拍了拍她发愣的肩头。

"小孩,也不知道给点掌声。"

风路过的时候没能吹走,这个城市太厚的灰尘。多少次的雨水从来没有,冲掉你那沉重的忧愁。

她勾起唇角,缓缓抬起右臂,靠近无端潮湿了的眼睛。

四

那天晚上,她又做了一个梦。她9岁的家乡,浅江的水清凉可人，漾在小腿上传来细微的压迫感，她提着塑料桶跟在一个年轻男人的后面拾了半桶小蟹。回家后，父亲会逐个剥掉小蟹柔软的蟹壳，扔进锅里，爆炒葱姜，味道诱人。如果父亲心情好，她就调皮地喝掉溢到杯口的啤酒泡沫。梦中人高瘦利落，皮肤黝黑，手指纤长，笑起来，有浅浅的梨涡。

醒来时，她伸出手指细算。回家五日。离乡十二年。母亲出走十六载。十六载，解放军可以把小日本赶出国土两次，杨过和小龙女都能执手相看。回过头却只剩她无语凝噎。

吃过早点，她撑着花阳伞在镇上乱走。沿路的小贩占满了白杨树道。她问了很久，走了许多岔路，终于站在熟悉的铜漆铁门前。朱颜已改，岁月如刀，刻满了风霜。她用力推了推，多年沉寂的铁锁，发出喑哑的嘶鸣。意兴阑珊，她拍去手上触碰到的锈迹灰尘，正欲转身，邻居忽然开门，一盆水洋洋洒洒地浇在地上，溅湿了一脚。她"呀"了一声，看到从门栏里探出一个人头，彼此一愣，对方迅速将门关上。好半天她才回过神来，苦笑着弯腰拂了拂脚上的水珠，转身而去。

时间真是最好的遗忘药。当年，她的母亲和入乡支教的教授私奔，在媒体尚未发达的时代，这真是村民们茶余饭后最津津乐道的闲话。转眼十多年过去，再精彩的恩怨情仇也成了被岁月风干的古老传奇。

她不知道的是，就在她满心惆怅的时候，刚才那个泼水的女人正拉着自己的老公说起十多年前的一段香艳往事，挺着啤酒肚的男人满脸油光，眯着眼睛问："这么说隔壁那个男人就戴着绿帽子拎着女儿灰溜溜地跑了？真他娘的怂。"女人嗔怪地推了一下丈夫的手臂。男人痴笑两声,喝了一大口啤酒:"管他妈的呢,我小舅子跟我说了,咱们这片地儿都要被建成大工厂了,谁还会再回来啊!"女人用一种不知道是欢喜还是担忧的口吻叹了一声:"不知道政府会补贴我们多少。"男人不屑地白了妻子一眼:"切,补贴多少都是亏,这些人哪会管我们小老百姓的死活啊?还是趁早做好打算吧,该重新买地就买地,该造房子就造房子。看人家村委老胡多好,前些日子举家搬到城里了。真是同人不同命。"

钱钟书说,城里的人想出来,城外的人想进去。也不知道究竟谁比谁幸运了多少。

她记起一句戏词,姹紫嫣红开遍,似这般都付于断井残垣。她踩在他被阳光拓下的影子上,他还是向她那样一笑,露出好看的牙齿:"小孩,你怎么也在这?"

谁是谁的如花美眷,谁又带走谁的似水流年。

五

他比她高出大半个头。两个人并肩走着。

"我想看看以前住的房子。十二年没有回来了,我以为什么都没有变。"她笑笑,耸了耸肩膀,"不过好像什么都变了。"

从上衣口袋掏出一包烟,抽出一支迅速点燃,他的身上一下子有了烟火气息。"那有什么关系,它还是在你心里,该是什么样就是什么样。小孩,会变的就不是家乡。"他微微抬起右手食指,轻轻抖落一小截烟灰,"这儿晚上真静,我离乡后很少能睡得这么好,以后可以来这儿养老。"

"那是老年人该想的事。"她皱眉说。

"不,小孩,很多事情和年龄无关的。"他指指胸膛左侧,反问她,"不是么?"

太阳真大,空气逼仄。

"只要你想来,随时都可以啊。"她停下脚步,视线落在远处的水桥,"我也希望有朝一日,能够重新回到这里生活。"她伸手指向某处,指给他看,"以前每年夏天,那儿都是荷花,还有满池塘乱窜的青蛙。可惜现在都没有了。"

他笑:"小孩,我们很有缘。我闯荡的时候和你一般大,一样地看全世界不爽。"他深深吸了一口烟,"可那时候真好,一副指点江山的气势,对谁都可以盛气凌人。小孩,人不可以太执著,要向前看。"

她回过头看他的眼睛,目光犀利:"从前在这个村子里,有个小女孩,她9岁的时候,妈妈跟别的男人跑了,爸爸成了全村人的笑柄。他们一无所有地去大城市生活,没有人会帮他们,因为没有人看得起他们。你知道不敢跟别人讲话是什么感觉吗?你一定不知道,这种巴不得自己是个聋哑人,巴不得全世界的人都去死的感觉。"

他用脚使劲捻着落在地上的烟头,片刻抬起双目:"小孩,你已经是一个成年人了,命运就是这样的,你丢一个骰子,每个面的图案都不一样,是金币还是毒酒,你只能接受。"

她点点头:"我接受。可我不允许别人用毒酒换了我的金币,否则,我会再赐他一把匕首。"

她推开他准备冲过小路,一辆自行车转弯窜出来,她吓得停在原地,有人伸手迅速把她拽到身后,两人交换了位置,自行车急急地刹住。

他惊魂未定，她永不愿超生。

六

那天，他并没有追她。她独自跑回旅店，汗水滚湿了一背。

她忽然想起父亲，老得不成样子，就像个小孩一样佝偻着蜷在病床上，用家乡话唤她幼时的乳名，一遍一遍。清醒的时候，还是会用手指着她，骂她不孝。

她真是不孝。

昏暗的房间内，吊扇在天花板上咿咿呀呀地转着，打出一股股热浪。有人在敲门。她躺在凉席上，闻着幽幽竹香，很快就入睡了。迷迷糊糊的时候，感觉有人在她身边轻轻拍打着她的后背，像哄婴儿入睡。

像是在天国里的父亲。

父亲的后事是她一手操办的，钱是那个女人和她的老公出的，她反正受之无愧。她不需要有不合时宜的骨气，就像如果有一天，他们跪在她面前乞讨宽恕，她一样会心安理得地落井下石。人和人之间，千万不要比谁的心更狠。

九月底的时候，她再次遇见了他。他在芦苇荡里，举着相机。远远看见她，他放下镜头，兴奋地向她招手："小孩，过来。"

她走过去，丛中一笑，细长的秋荻划过脚踝。

两个人坐在一棵老树下，血红的残阳夹在山峦的两座青峰间。他说："小孩，我要走了。"过早衰老的枯叶颤然地落在肩头，她听见心里"刷"的一声扯开一个口子,有些东西正在迅速地遗漏。

"你知道吗? 我做过很多错事,所以只能漂泊,到死为止。我不希望你这样。"他侧过头看着她,"你多像那时候的我。"

她拾起落叶,手指捻着叶根。"我爸爸不在了,确切点说,是被我气死了。"她顿了顿,粲然清笑,"复读这么多年,是因为我一心想考上那个教授的学校。"她歪着头看着他,"我都计划好了,他们毁了我爸爸的一生,我就用同样的手段还回去。但是一个月前,就在我爸爸的葬礼上,我一脚绊掉了我妈肚子里的孩子,我名义上同母异父的至亲,我甚至不知道他是男是女。我妈被送去医院的时候,我就看着我爸的灵像,我没有很开心,不过很痛快。"

她眼里噙着闪闪的泪光:"你会比我更不像人吗?"

他伸出手摸摸她额前的碎发:"小孩,你要多笑笑。你笑起来多好看。"

七

我们的生命是一场艰难的跋涉。你盼的是左右逢源,我要的是顺风顺水。命运让我们福祸相依,永远分离。

她起身走近窗口。晨曦柔软地抚在脸上,像是与恋人做着某种深刻的缱绻,或告别。天亮了。她想,她这辈子都会记住这个画面,某年某月,天使驾着暮霭降临人间。他在朝阳中笔直站立,静默得如同一尊雕塑。在她眷恋的家乡,在风华已逝的浅江滩上。多好,上帝在关上了所有的门窗后,还知道给她留一个狗洞。

一个月后,她用尽了身上所有的钱。店主敲门的时候,她正在房内收拾行装。打开门,接过一个黄皮纸信封。她知道是他寄来的。

密码写在了银行卡的背后。信里还附了一张照片,萍天苇地里,21岁的她,对着镜头,笑得心无旁骛。

岁月兜兜转转,透过交错的光影,一览无遗。

翻过来看,一行淡淡的钢笔印迹,字体刚正,落笔清疏。她抬手,脸上终于冰凉成片。

去火车站的那天,黄历上写着不宜远行。警车在熙熙攘攘的客运中心来回鸣笛。从人群中传出消息,说是在逃多年的嫌犯终于良心发现,回到家乡自首。多年前震惊边乡小镇的偷窃案重新被暴露在光天化日之下,法网恢恢,人心大快。据说罪犯很年轻,30岁都不到,在外漂泊十余年。她在车上沉沉地睡过去,窗外阳光闪耀,从此天地清明,乾坤静好。

上车前,她看见那个绿豆摊主,已换了生计。天气转凉,他煮好了一碗碗温热的酒酿桂花羹,香气沁人。小孩对着她甜甜地笑,她放下行李,走过去,噙着笑俯身对着小孩粉嫩嫩的脸蛋轻轻一啄。

"女孩,祝你一生平安喜乐。"

回城不久,她以高分进入一所不知名的大专就读,完成学业后,她将父亲的骨灰带回故乡,亲手撒在了浅江。残阳如血,山河满目,一切都未变,只有浅江恢复了记忆中的好。镇上的人传言,多年前政府高层有人下乡考察地形,很多人都走了,可不知道为什么,上面忽然又放弃了拆迁,说是要将小城淳朴怡人的风情留住,日后可以用作旅游资源。

镇上的人守住故土,远离纷扰,安居乐业。

呵,人世间悲欢离合易如反掌,看那青山绿水别来无恙。那是上个世纪的故事。很多年的某个午后,她终于明白,重要的不再是谁,而是确实有过这么一个人,眉目清明,悲喜尝尽,白衣翻飞地站在路口,陪你走一段路,看一段人间风光。然后两不相欠,各自终老。

她听到过很多传说,有人说,他是流亡多年的逃犯,厌倦了刀口上的生活,回到家乡求个心安;也有人说他是权倾一方的厂主,爱上了浅江的潮起潮落,投巨资建设。

她宁愿他只是世间最平凡的翩翩游子,沧桑流尽,玉魂不老。他赐她一场美好相遇。

她还他一世太平。

特地暮云开

一

那是第一次见到桐树。

我想是的。

因为桐树有个很好的兄弟叫莱桑。听莱桑说起过,他们一直住在西街老巷后的一栋花洋别墅里。那个地段恰恰绕过了西街巷的繁闹,偏僻而寂静。从少年嘴里说出,我以为那该是一栋格调优雅,气韵独特,携带着欧洲中世纪风格的哥特式建筑物。

而事实证明现实与理想总有不可逾越的偏差。

我跟在莱桑后面,白色球鞋一步一步地踩在爬满青苔的石板上,细碎绒密的苔丝混着七绞八搭的阳光,静静地横在不规则的水门汀板上。

然后莱桑轻轻说:"到了。"

我方才抬起头,密密麻麻的爬山虎几乎活跃了大半栋别墅,只有朝南的露天阳台有干冽的气息。

面前的门是锈迹斑驳的。

莱桑"吱呀"一声将它推开,声音带着愉快:"哥,我回来了。"

空荡的底楼渐渐泛出回声。

那是我第一次意识到家徒四壁的真正概念。比起不足十平米必须容纳下床铺书桌餐桌的棚户区屋宅,这种大是令人虚空和寂寞。

桐树很高很瘦。那时王杰在台湾红得发紫,桐树长得很像这位天王歌手。

远处不知道谁又放起了邓丽君的老歌。那种甜得发腻的声线,让我很自然地想到了阿姆自制的糖水,在陶瓷碗里晾好一大杯,杯口还有来不及融化的白糖。

"你是阿蔚?"桐树倚着二楼的木栏扶手,眼神却飘到莱桑身上,"你带她来的?"

莱桑点点头。桐树不说话,从白色衬衫的胸前口袋里抽出一支烟,左右裤袋都掏了一遍才摸出一个浅红色打火机,点上。莱桑急忙应道:"哥,你怎么抽起烟了?"说着就要奔上二楼。

桐树突然发话:"别上来,房间乱。你带阿蔚去别处玩,西街口那儿摆了个小说摊,全是琼瑶席绢的,买两本还附送张王杰的书签。"

莱桑微微一愣,脚还留在木楼的第四级台阶上。我清清嗓子,说:"那,哥哥再见。"

桐树微微一笑,刘海遮住了眼睛。我侧身对莱桑说:"我先回去了。我不喜欢琼瑶席绢的,我喜欢金庸古龙。"

莱桑很尴尬。不等他说些什么,我已经离开了别墅。

走进西街巷,这才听清楚是邓丽君的《如果没有你》:如果没有遇见你,我将会是在哪里,日子过得怎么样,人生是否要珍惜。小贩都在西街巷出没,各式各样的地摊。转角的时候我看见了桐树所说的小说摊。那时口袋小说风靡,台湾言情横行大陆。我尤其喜欢封面上的那些女子。巧笑情兮,美目盼兮。

摆摊位的中年男人没有守着摊,而是在隔壁冷饮店和张寡妇聊天。两人不知道在说什么,凑得很近。张寡妇的红唇和红指甲成为了那个年代西街巷一道独特的风景线。

莱桑一直没有说过他哥哥桐树的事情。

我是在很久以后，才听旁人说起，桐树并不是莱桑的亲哥哥。那幢洋房是被一家移居澳洲的富商遗弃的。桐树不知道怎么就带着孤儿莱桑在里面住了将近十年。

直到成年后我才渐渐领悟过来，我们年少的时候，总以为自己之所以会爱上一个夜晚，一件饰物，一条老街，甚至一个季节都是有特殊意义的，比如为了一个人。可是事实上，我们真正爱上的，只是那段渐行渐远的时光。

那是 1991 年。暮云县。西街巷里的故事。

我，莱桑，17 岁。距离桐树离开，还有四个月的时间。

二

阿姆总说我不像是她的孩子。所以她总是在阿菁的糖水里，放更多的枸杞。每天起床后，阿菁的早饭必定会比我多一样，比如鸡蛋，或者一包山楂片。要是再碰上个家长会，文科班的家长必定悉数全齐，而理科班也一定会少一个。

我总是笑嘻嘻地跟阿姆说，偏心的人寿命短。

有一次，我把阿姆说哭了。莱桑说我什么都好，就是嘴太毒，得理不饶人，这样不好。我却不以为然地反驳："你看我跟那张寡妇不是处得蛮好。"莱桑很生气，他无数次指着我的鼻子骂："不要和那种女人在一起！"而我每次看着他那副不可一世的样子就格外来气："怎么，你瞧不起人家？莱桑，其实人和人都一样，一样贱，你瞧不起人家，人家还瞧不起你嘞。"

说这话的时候我觉得浑身上下气血都通了。我看着月光下少年因为生气而抽搐的嘴角，努努嘴说："呐，香樟又开花了，闻闻，真香。"

莱桑噗嗤一下就被我逗笑了。

西街巷一到晚上就活跃了。走几步就能看见人一堆堆地扎在那里闹开了锅。有人叼着烟打牌，或是围一圈看下围棋，孩子们成群结队地跳房子，一时间油烟和喧嚣充满了整条巷子。那个年代卡拉 OK 和蹦迪已经不是新鲜事情了。我喜欢看年轻男子用摩丝把头发梳得不染纤尘，一双白色旅游鞋再加一身黑色夹克那就更好了。

这总能让我想起桐树哀伤的眉眼。

暮云县有条河叫宏成河。县里有明文规定不许将河水"引进生活"。可是盛夏，那些穿着碎花衬衫的妇女总会带着一大桶衣服去河边，洗完了拧干就挂在河边由两棵粗壮白杨拉撑起的麻绳上。不知道为什么，我脑海中总是浮现出浣纱女皓腕下烟雨朦胧的江南。

莱桑第一次牵我的手就是在宏成河边。他低头，轻声问："你为什么喜欢我？"

我仰起脸，正好对上他晶亮的眼眸，笑道："因为阿菁喜欢你。"

然后我看见莱桑漾在嘴边的笑容一点点隐退，我咯咯乱笑。

莱桑见我笑，便缓了缓神色："阿蔚，其实你不觉得有时候你也很恶毒吗？"说完，他推开我。

夏季的宏成河依旧冰凉如雪。莱桑是真的生气了，他连头都没有回。等到河边的妇女们唧唧喳喳闹开锅的时候，莱桑已经不见了身影。我浮在河水里，心里想着这些水都洗过哪些东西，会不会很脏。宏成河的水不深，我不至于沉下去献身给河伯，但也不怎么敢轻举妄动。晚间的夕阳看完了人间的一出出闹剧,板起面孔关上云门。火烧云烘得天边的色调变幻无穷。那个时候一到晚上,夜幕里都挂满星星,如果看不见,那明天一定是个雨天。

正在我发呆胡思乱想的时刻,岸边一个男声传来:"你在干什么,还不快上来!"

少年逆光而立,我看不清他的脸。不过我知道,是桐树。

桐树见我痴痴的,以为我吓傻了,急忙脱下鞋要往下跳。我一惊,扯开嗓子大叫:"你别下来,别下来,我马上上去。"

趟着冰凉的河水,桐树拉着我的手一步步走上岸阶。

"你在学游泳吗?"桐树有些生气,他的手指很长,握得到骨头略微凸出的关节。

我咯咯一笑:"我在研究小鸭子生蛋。"

如果是莱桑,一定会指着我的额头说,阿蔚,你真是神经病。然后两个人一起笑。

可是桐树没有,他只是搭着我的肩膀说:"送你回家。"

西街巷的仲夏夜,到了九点才会开路灯。

我走在桐树后面,他走得很急,到后来,我只能小跑。

路过张寡妇的冷饮店时,她正好在做生意。一个红色塑料马甲袋里装了约摸十来根棒冰,买东西的女人甜得发嗲的声音:"哎哟买十送一买十送一呀。"

张寡妇转头便看见了我:"阿蔚,你怎么浑身湿漉漉的? 快进来换件衣服。要生病的呀。"

我尴尬地笑笑,寻找桐树的身影,桐树站在离我十米的地方,问我:"你回不回家?"

我摇摇头:"先弄干了吧,阿姆要骂的。"

桐树沉默了片刻:"那我先走了。"厚重的夜色渐渐模糊了少年挺拔的背影。

张寡妇家很干净。我不是第一次来,但是这次不知道为什么,我总感觉有些局促不安。

"怎么掉到河里了? 桐树救的?"她一边拿毛巾给我拧头发一边问。

我垂下头不答。她又自言自语了声:"这孩子,真是……"

我从张寡妇家出来的时候,西街巷的灯都亮了。整条巷子脱离了几小时前的喧嚣,一下子浮在宁静的灯线里。突然,我发现路口下有个人影,惊得站着不敢动,等看清楚了,桐树的声音已经传来:"太晚了,我送你回家。"

我们又一前一后走着。我心里乱糟糟的,想着这么晚回去,不知阿姆会怎么骂。

桐树忽然打开了话匣:"你跟张寡妇走得很近?"

因为他走在前面,我有点听不清他的话,只觉得心里的火一下子"轰"地又冒了上来。

"你是不是也觉得她不好?"

桐树低着头,没有搭腔。我开始不依不饶。

"其实这条巷子里的人,没几个看得起她。就是因为没人搭理她,所以我喜欢跟她在一起,他们有什么好的? 还不是一个个道貌岸然。"胸腔起伏得厉害,视线也模糊了起来,我赶紧闭上嘴,一阵小跑超过了他。

回到家,阿菁给我开的门。她穿着阿姆新做的睡衣,揉揉眼睛:"你以后这么晚干脆就别回来了。"我一步越到她眼前开始放炮:"干吗,你就这么待见我出事啊! 做你的春秋大梦去吧!"

阿菁一下子愣住,手还停在眼睛边,脸涨得通红。阿姆闻声掀开帘子出来骂我:"你自己这么晚回来还发病。你妹妹比你乖你还敢凶她!"说着抡圆了胳膊就是一巴掌,幸好我未卜先知,赶紧闪身进了里屋。

倒在床上就睡,一夜无梦。

三

放学后,莱桑跟在我屁股后面。我在前面一蹦一跳,找着小石子一脚就蹬过去。

莱桑拦住我的路,手伸过来要拎我的书包,我跟田鸡似的一跳,说:"你离我远点儿。"

那几天我像长满刺的刺猬,看谁都想扎他一身疼。尤其是眼前这个,一想到他令人发指的行为我就恨不得老死不相往来。

莱桑说:"今天阿菁说她要考省城的大学,你呢?"我大手一挥:"我摆地摊供她读。"莱桑愣了一下,说:"如果你考本县的那我也一样,不出去了。想好了告诉我一声。"说完一阵小跑远离了我的世界。

我都快火山喷发了。

吃晚饭的时候,阿姆给我们一人捡了块红烧肉丢进碗里。

我逮住时机:"妈,以后我跟妹妹不在你身边,你能不能好好照顾自己啊?"

阿姆的筷子在半空一停。我的心像是被灌满了铅,沉了下去,电石火光,噼里啪啦。我把碗里的红烧肉丢进身旁一直埋头吃饭的阿菁碗里，笑着说："阿菁，多吃点，以后就吃不到了。"阿菁被我突如其来的举动吓白了脸，抬起头看着阿姆，阿姆盯着她说："快吃饭。"

我扔下筷子跑进了西街巷。

西街巷尾有家舞厅叫恰恰人生。我不知道桐树在不在里面。我想了一会儿，没有进去。

直到西街巷路灯亮起来了好一会儿，我才看见桐树的身影，他身边有一个很摩登的女郎，烫了头大波浪，穿着黑色皮裙。桐树见到我很惊讶，问："你怎么在这儿？"

我摇摇头。他回头跟那女人说了点什么，女人白了我一眼，蹬着高跟鞋很不情愿地从我身边擦过。桐树过来，拽起我的胳膊："我送你回家。"

真是他妈的！

我一把甩开他的手："不用了，我又不是小孩子。"我撇开脸不看他生气的眼。两人在路灯下僵了一会儿，我开口唤了一声："桐树。"

身后尖细的声音响起："阿树你走不走啊？小妹妹，你桐树哥哥还有事呢。"

我闭着眼睛都能想象出花枝招展的女子谄媚婀娜的笑，划过西街巷的夜空。阿菁也很喜欢笑，笑得没心没肺，有时候笑着笑着阿姆也会被带过去，即使我觉得那些事情根本不值得让人动感情。我知道让一个人从兴头上掉到冰河里是什么感觉，并且经常在阿菁身上以嘴皮子的方式尝试着，乐此不疲。那些恶毒的泡泡像是定时炸弹一样蛰伏在我体内，容不得轻轻一握，稍许的力量，立刻分崩离析。

抬起头的时候，才发现桐树换了个发型，剪成了小虎队成员之一乖乖虎的发型，人显得清瘦利落了很多。我笑笑："没什么，我就是想

162

说,我准备报考省城的大学。可是家里供不太起,所以这段时期我要争取保送,可能没什么时间和莱桑见面了,他不太听我的,所以……"

我第一次觉得自己无比可耻。也许莱桑说得对,我有时候比谁都恶毒。

桐树没有说什么,只是淡淡问了声:"为什么供不起?"我回答得心不在焉:"还有个妹妹。样样都比我出色。"桐树微微点了点头:"知道了。""那,哥哥再见。"我不再看他,转身跑开,眼泪一点一点掉在西街巷的水门汀上。

周星驰的电影里说,曾经,一份真挚的感情放在我的面前。

我曾经无数次想象过我想要的未来,每一种人生里都有特定的影子,并肩而立,看世情寥落,风声无息。

阿树,我原以为,会是这样的。

张寡妇看我痛哭流涕的样子吓坏了。绿豆棒冰,赤豆棒冰,盐水棒冰堆了一堆,最后我哑着嗓子开口:"我要吃冰镇西瓜。"

西街巷的冰镇西瓜是出了名的。个个皮薄瓜甜,把青白的瓜皮剥下洗干净,都可以炒菜吃。张寡妇急忙切了一盆出来,我一边抽噎一边啃着,西瓜水从嘴角不时滴落。

张寡妇突然笑着叹了口气:"哎,我那儿子啊,生气起来也喜欢吃冰镇西瓜。他说降火。"

我差点被西瓜噎死,脱口而问:"你有儿子?"

张寡妇轻轻点点头:"可是看不起我这个妈,觉得我拖着他日子过不下去,自己出去闯去了。经常会回来看看我,也不说什么,还是看不起我。可是,又不乐意看见别人看不起我。"

我像听武侠小说似的开始天马行空地问："那我认识他吗？我也想跟他一起闯荡江湖，阿姨帮我介绍介绍吧！"

张寡妇被我逗得咯咯乱笑。

往后的生活趋向平静，苦痛收敛。阿姆不说省城大学的事情，我也不问。早上起来，我仍旧吃不到鸡蛋和山楂片。放学的时候，莱桑也不再跟着。

我不知道桐树跟莱桑说了些什么。我觉得我对不起莱桑。

这种自愧的情绪让我无颜面对莱桑。他是个好人。

四

那么我们现在，就不要再说些什么了。直接把时针拨向 1992 年，2 月。

桐树去世。

彼时离高考还剩四个月。莱桑红着眼睛走到我的面前，说："桐树去世了，我不想让他的葬礼太冷清，你去看看他，好吗？"

莱桑说，桐树，去世了。

那天我问阿姆有没有黑色的衬衫裤子，阿姆说没有。我点点头"哦"了一声，进屋翻出了阿菁的新夹克，阿菁大叫："妈，阿蔚穿我衣服。"我看着她轻轻一笑："你现在最好不要惹我，不然我让你后悔一辈子。"阿菁从来没有看过我这副样子，吓得赶紧改了口："你要是喜欢，我让阿姆也买一件给你嘛。"

我抄起桌上的高考复习册朝她扔过去。

第二次来到花洋别墅。苔藓已经爬满了墙角。整座楼都失去了生机。

我推开门，底楼的客厅有稀稀落落的一些人，他们都是来参加桐树葬礼的。

我看见黄斑点点的墙上挂着桐树的照片，他轻轻笑着，眼神格外干净。

莱桑沙哑着喉咙："你来了。"

"我给他上一炷香吧。"我说。莱桑点点头。

莱桑说："桐树去外地帮大哥收账，提成百分之五。没想到对方耍赖，桐树被砍了一刀，送到医院时失血已经太多。"莱桑说到后来泣不成声。

我一直低着头，他说完了，我轻声问："我能上楼看看他的房间吗？"

莱桑含着眼泪"嗯"了一声。

桐树的房间很干净。蓝白格子交错的床单，床头是一张王杰的巨大海报。其余没有什么特别，我刚想转身关上门，忽然发现阳台上好像支着一架画板。我走过去，凌乱的铅笔散落在地上，阳光静静落下，尘埃在光束里飞舞。

现世安稳，岁月静好。

画里的女孩浅浅笑着，在宏成河边吃着棒冰看小说。

那本书应该叫《几度夕阳红》。琼瑶的，红极一时。同名电视剧里，刘雪华动人的眼泪和秦汉俊朗的面容，多年后我一直记得。

关上门走下木梯，我看见一个熟悉的身影跪在桐树的灵堂前，面前的盆里释放出哀伤的火焰，她把手中大把的锡箔扔进去化为灰烬。

张寡妇的嘴里一直在喊："阿树阿树……"

一个高个男人走过去，磕了三个头，"桐树你放心，你的心愿大哥一定帮你完成。"

莱桑突然冲过去，揪起高个男人的领子，挥手就是一拳，"我操你奶奶的！你滚！都是你害死他的都是你害死他的！流氓！你们都是流氓！我要报警！"

男人身手很快，迅速制服了发狂的莱桑，把他推到一边，然后从衣服内袋里掏出一个黄色信封递给张寡妇。

"阿姨，桐树临走时说，他没能让你过上好日子，让你就当没生过这个儿子吧。还有莱桑，让他跟着这么个……不学好的哥哥。"他顿了顿，似在研究措辞。

"对了，还有，他说他有个妹妹，希望能供她读完大学。这里面有一万块钱，是阿树应得的。"男人起身，把信封塞到张寡妇怀里，然后起身看了我一眼，把他的人都带走了。

底楼恢复了死一样的寂静。家徒四壁。冷冷清清。悲戚声不断在身边围绕，像水一样化开。

"任时光匆匆流去，我只在乎你。心甘情愿感染你的气息。"

那首歌，终于在心底一个人唱完。

五

四个月后，我和阿菁顺利考取了外省名校，阿姆拿出半生积攒交付给我们。

莱桑考取了北方一座重工业城市的大学。西街巷一下子出了三个名牌大学生，一时间被传为佳话。

莱桑和我们一起动身。出发前一晚,他带着我来到宏成河边。

　　以前我们一起抓石蟹、小龙虾,一起提着从王阿婆家偷来的西瓜泡到凉润的河水里。他教我用小石子打水漂,我最多可以让石片跳起三次。最后我们哈哈大笑。

　　莱桑说:"其实这是桐树教我的。桐树可以跳五次。"说着说着,两人都沉默了。我说:"天晚了,回去吧,明天还要赶火车呢。"莱桑说:"再等等吧。晚了我送你回去。这一走不知道什么时候才能回来。"晚风吹过,莱桑又说:"那次把你推下去,真抱歉。"我大惊:"原来你知道?"

　　莱桑笑着:"嗯。而且我还知道,其实桐树⋯⋯很早就问起过你了。"

　　我抿抿嘴巴,不搭话。

　　"我不知道桐树是张寡妇的儿子。我想他其实很感激你⋯⋯除了你,没有人对张寡妇这么好。你让他感受到了生命中仅有的温暖,这种感觉你或许太细微了,可是对于一个看惯人情冷暖世态炎凉的人来说,太重要。阿蔚,你懂么?"

　　我懂。所以我还是毫不犹豫地接受了那一万块钱,阿树用他的生命换来的我的前程。其实我们都是一样的人,从心底开始腐朽的灵魂,只相信自己,不相信任何感情。

　　阿树将我的叛逆误解为善良,将莱桑的依赖化为他自己的责任,这个世界,谁懂谁的挣扎,谁又比谁干净了多少?

　　那一刻我突然想起张寡妇,在桐树死后,她就深居简出。我去看她她也不说话,她的嘴唇干裂失色,再没有鲜艳过。我说,阿树会在天上看着我们的。他要我们,笑着活下去。

火车站人潮涌动。我和阿菁将前往南方的一座繁花似锦的都城。听说那里，终年不雪。

火车汽笛响了很长时间，两列火车，天南地北，从此随遇而安。

我透过玻璃窗，看着阿姆红肿的眼睛。我说阿姆，对不起。不知道阿姆有没有听见，也许她忙着把茶叶和郭富城刘德华的磁带塞给阿菁。

车轮缓缓开动，暮云县的景色很美。有大片的麦田和紫云英。

1992 年，9 月。

他们说，人这一生，总会在特定的时候碰见特定的人，他不声不响，也许就改变了你的一生。

可是最后，终究是要离开的。

2000 年 1 月。

阿菁嫁人了。我第一次见到那个男人就险些认成了年少时的莱桑。很多东西，与光阴并不相关。阿姆打电话说，政府预备花重金改建暮云县，西街巷的居民为了扩建大都搬迁了，宏成河要被填满。张寡妇在我们走后的第三年就改嫁了，据说就是嫁了当年的小说摊主，两个人去了南方就再也没有音讯。

而莱桑，跟着那个大哥去了北京，创立了一家大型网络公司。我出差的时候见过他几次，越发的人模狗样，结了婚，生了个大胖小子，叫莱念树。

还有，梦里，我时常看见那一年的巷尾，阿树，你就着夜色望向我，眼睛亮如塔西提岛的珍珠，眉眼多温柔。

都是上个世纪的事情了。

少年祭

One

我在距离贺纯良一米开外的小桌上算解析几何。

十分钟后将试卷稀里哗啦揉成团,恶狠狠地丢向正横卧在床上吃苹果的猪头,动作一气呵成宛如小日本偷袭珍珠港。

该货显然没有料到我瞬间偷袭,吃了一惊,松开将咬未咬的口,单手抖开我苦痛的源泉,压在猪腿上企图撸平那些沧桑迂回的细纹,密密麻麻的字迹让猪嘴角上挑起一丝贱笑。

看着那块悬在母体上迟迟不肯掉落的部分苹果肉,我很冷静地开口,同归于尽吧,生无可恋。

猪头点了点猪头,以无比轻松明快的语气说,好呀好呀,黄泉路上有个伴,我也不会太寂寞。然后看了我一会儿,补充道,就是丑了点。话落食指一伸,以一种很惊讶的口气说,脸上的痘又多了。锦上添花,真呀么真喜庆。嘿!

我不生气我不生气。跟一个肉包子有什么好气的呢?

肉包子仍在那头对着我这张具有革命热情的老脸佯作端详状。

苏青红推门进来,看了我一眼,放下饭盒就走了。

我回头向贺纯良陈述,你妈的黑眼圈都挂到人中了。

猪头垂首默默打开饭盒,脸色铁青,其中赫然躺着一枚肉包子。

做完作业起身蹬蹬我的小短腿儿,拍拍屁股准备回家。贺纯良突然问,大老槐,如果我死了你会难过吗?

我返身回去问他,真的会死?

猪头咧嘴笑了,像一尊贡在祠堂上的祭品,说,敢情你到现在还以为我开玩笑呢。

我摇摇头，不知道呀，先死一个给哀家看看呗。

猪头又问，我现在是不是真的很丑？

我想了想道，是没原来好看，配我正好。

嗯。你这人是没什么追求。猪头笑。

走出医院，我大掌拍向自己的脑门，原本想好要告诉贺纯良的事一件也没说。真是龙配猪，凤配猪。槐槐配良猪。古人诚不欺我。

这一个星期内统共发生了三件让我肾上腺激素分泌瞬间旺盛的事情。

首先，老房子的拆迁计划已经实行。响应政府，为世博开路。莫胡方告诉我这件事的时候，我内心意淫了一下闺房布局，准备把墙壁涂成粉红色，床周围挂一串玻璃珠子，名字都取好了，对，叫"一帘幽梦"，如果条件允许，再买一个充气娃娃，让它满足一下我对有一个妹妹的幻想，过把瘾之后可以送给贺纯良，任凭处置。当然这些微观作战方案我是不会告诉肉包子的。因为我们嘲笑过彼此的设计蓝图。他说他对房子没什么要求，只要在门口搞一尊擎天柱即可。

上海的黄梅天多雨潮湿，节气一到整幢筒子楼里都散发着一股酸霉气，贺纯良曾坚信我为了报复他偷吃了一包旺仔小馒头而把白醋洒在他的一筐小汽车内。为了清白，我不惜拿起一辆小破车强行塞进他的嘴里让他自己舔。

真相大白后我们就多了一样爱好，隔三差五窝在天井里吃小浣熊干脆面幻想未来格局。而二者差距之深,实非异度空间不能形容。

我准备将这件事缓缓,等他彻底失去与病魔殊死顽抗的斗志后再一鼓士气。

第二件事是唐琪和卢文浩这对"奸夫淫妇"对上眼了。当我在讲台上看见那两双猪爪互相缠绵交握在一起时,真想变身菜刀剁了它们。我追卢文浩那是一中茶余饭后的八卦头条。传闻很离谱,什么"痴女为情弃 A 中",什么"小野鸭大战天鹅夺美男",要多恶心有多恶心,我将这些段子告诉贺纯良时,他嗤之以鼻,说,我还孔雀东南飞十年生死两 happy 呢。

既然他扮起苦大仇深,我只能深明大义安慰他,这年头的人活得非常压抑,要让他们寻求爆点,我可以牺牲,不不不,你不要觉得这很伟大,我只是……非常享受镁光灯下的感觉。

一个月以后,贺纯良成功把到了唐琪。唐琪俗称"一中花魁",该女子……我不想形容。如果非要在茫茫辞海中寻求一个爆点,那我只能说两字,讨厌。

当然,女人看女人和男人看女人的眼光是迥然不同的,其差异程度可以类比王子与青蛙。

卢文浩很直截了当地指出,莫晓槐,你这是赤裸裸的嫉妒。我双手捧心,东施效颦地点头默认。

我承认我嫉妒她。就如同我承认如果可以选择,我还是会做莫晓槐而不是唐琪。

女人啊,你的名字叫矛盾!

第三件事是,陈芬芳从美国给我寄了一个包裹。

走进家门的时候我想,下个礼拜一定要带到医院和肉包子一起拆这颗糖衣炮弹。谁忘记谁是肉包子。狗不理。

Two

晚上经过客厅,发现莫胡方一个人靠着窗台抽烟。不得不承认,他是一个很能干的上海男人。即使这个家缺乏一定的雌性荷尔蒙(贺纯良说我严重缺乏的物质),也并不妨碍他在上班之余将后勤搞得活色生香。

此刻他抬头,四十五度仰望星空。某一程度来说,作为一个年近半百,银行存款不足五万,十年前老婆跟洋鬼子一跃太平洋的食堂烧菜师傅,做这种文艺举动让我很幻灭。我一直觉得那些忧愁和寂寞只属于高富帅。

莫胡方看到我,咳了一声说,姑娘,跟你商量个事。

在幼年时代,我非常害怕听到莫胡方说这句话,因为后面往往跟着这样一句话:爸爸要出去一会儿,饭给你准备好了,食堂里带的。

那些万年不变浸在油中的剩菜,最后的归宿都是抽水马桶。

直到我把自己饿出了胃溃疡胃炎胃窦炎,莫胡方才老老实实待在家中研究起了三餐。

贺纯良对我这一自残行为用六个字评价,自作孽不可活。多年后的我,在大学里却老老实实一心埋头食堂饭,岁月是把杀猪刀,委实讽刺。

这一次,我想说,老头,你放心出去厮混吧,我一定把那些菜都吃完,反正都是你烧的嘛。我不会告诉领导你在家的水准和工作成果有多么天涯海角。

可莫胡方说,晓槐,爸爸想借五万块钱给你蒋阿姨。

蒋阿姨? who 啊?

看我一脸迷茫的表情,莫胡方的脸不自觉地红了一下,小声说,就是上次给你买羽绒服的阿姨。

我冷笑,一件羽绒服要五万块。大鹏鸟的毛啊靠! 后一句没说出口。

走进房,拉上帘子,我从柜子里掏出那件波司登的土黄色羽绒服,扔在地上踩了两脚。还不解气,准备明天一并带给肉包子,让他喷点肉油上去。回头看见陈芬芳的包裹静静杵在桌脚,我怒气更甚,朝它大吼,看屁啊!

第二天来到学校。卢文浩在体育课上把我叫到了我们第一次约会亲嘴儿的地方。想当年,我和贺纯良合计了半天,一致认为初恋要慎重,于是我特地游走校园,找到了一方人间胜景——校后门面对臭水浜的一棵老槐树。树下定情,非常有传统气息,与我的名字又呼应。

而当这个我爱慕五年之久,甚至为了他放弃 A 中的男孩一脸欠揍,哦不,一脸歉意地站在我面前,我只希望树神显灵,砸死他吧砸死他吧……循环默念一百遍。

卢文浩说,你真的很可爱,可我一直都把你当妹妹。对不起。

我努力记住他每一个表情,因为我要绘声绘色地学给肉包子看，让肉包子恶毒地诅咒他。

随手撩了撩新剪……坏的刘海，我努力让声音平静，说，没什么别的事情我就先走了。

几年后我在网上看到这样一句话：谁年轻的时候不曾爱过几个人渣。于是我瞬间想到当年这张丑陋的脸。

卢文浩拉住我的手腕，我皱眉，他沉闷的声音传来，别伤害唐琪，推优的事情你们公平竞争好吗？

我操！你有病啊，她一个校长亲闺女你怕我给她穿小鞋啊！

用力摁下脑袋上暴起的青筋，忍不住爆粗口。

真想让奥特曼把这对货扛出地球。

转身之际，唐琪站在十米开外。长黑发，白衬衣，蓝布裙，眉如远黛。我想，怪不得肉包子也难逃此劫，实在是段位太高。

唐琪将手中信封交给我，我瞥了她一眼，快速走了。

快速走的原因是非常想看这封信。

我承认我不是什么君子。我是小人。小人中的小女子。更小人。

信的内容很简单，无非是让肉包子好好养病，感情之事只字未提。那一行行清秀隽永的字迹，如一把把火烙烫在胸口，鲜血淋漓，沟壑交错，痕迹再不消。

我想我知道贺纯良为什么追求唐琪，他圣母一般满足我玛丽苏的幻想，牺牲小我，奔入地狱，急劲之风带倒一片彩旗。是的，当年的贺纯良，板寸头，桃花眼，棱角分明，要不是最后时刻我良心发现，他真的会按照要求修一个剑眉入鬓。

176

他以为我此生非卢文浩不嫁,便将他心尖上的女子收入囊中。

一个丧权辱国,一个苟且偷生。

那本该是很义气的戏码,偏偏上天不得安生,硬要搞一出反转剧颠覆世人价值观,获取收视率,提高信仰度。

英雄战死沙场。小人光芒万丈。

Three

推门而入的时候,苏青红在给肉包子削苹果。

她看了我一眼,将苹果一切二,递给我半个,转身就走。

贺纯良斜睨了我一眼,大字型躺在床上,问,你怎么吃个苹果像吃屎一样?

我笑了笑,直奔主题,姐姐给你说三件事。第一,莫胡方在搞对象;第二,卢文浩那个崽子跟老娘分手了;第三,陈芬芳让我去美国读书。

肉包子的脸抽了一抽。露馅了。

病房里的空气如同被下了结界,刀枪不入,暗潮涌动。贺纯良吃完了苹果,吐出一个小核,从兜里掏出一块方格子手绢,往嘴上抹了一抹。

贺纯良其实有轻微洁癖。很难想象一个大男人做任何事都要往衣服上套两个袖筒是出于什么心态。他会每隔一星期替我理书桌,原因是怕我桌子底下的蟑螂潜入非战区。

哎呀呀,小美眉。男人嘛,都是这样,所以要对自己好一点。肉包子说。

我挑眉冷笑，你要让我跟那个女人走？病生得脑子都坏了，早死早超生吧。

半晌无语。

有清浅的洪流划过礁石，带出深埋河床的泥沙碎石。它们曾经飞檐走壁。它们曾经巨浪滔天。那些讳莫如深的难堪，终有一天会以了然的姿态迎接我们虔诚的忏悔。

贺纯良开口，晓槐，我们都太自私了。我真的很后悔。不过幸好，你的心肠硬，硬得跟碳酸钙一样，以后我可以放心了。

我几乎跪倒在地。

很多年以前，苏青红和莫胡方有作伴的意图，他们年龄相仿，又一起在食堂工作，朝夕相处，子女青梅竹马，二人实属良配。可我们不同意。准确地说，是我不同意。我相信我的妈妈会回来，用那串上我替她选的美少女战士钥匙圈上的钥匙打开我的家门，展开双臂紧紧拥抱住她的小女儿，亲她的大饼脸，说，宝宝妈妈想你。

我可以原谅。所以我要等。等日出西山，等河水倒流。等苏青红和莫胡方彼此放开，从此我高枕无忧，天下安康。

贺纯良说，莫晓槐，当年真不该听你。真不该。是我太纵容你了，害了自己的妈妈。

我笑，是呀，小肉包，我是你名副其实的假想敌，所以你要好好活着，狠狠地虐死我。看我怎么众叛亲离，孤独终老。

转身走出病房。书包里背着一件土黄色羽绒服，塞着一封信。我躲在女厕所哇哇大哭，路人纷纷侧目，以为要么我自己病入膏肓要么我爱人命不久矣。她们不知道其实二者皆中。

执念太深，害人害己。

我不知道贺纯良不能和我一起老,我以为时光允许我们肆意。我不知道陈芬芳真的一去不回头,我没听过任贤齐的《伤心太平洋》。

原来有些事情错过就是一辈子,有些人走了就不会回头。我想改已经没有机会,我再等也是吃饱了撑的。

卢文浩算个屁。唐琪算个屁。我的青春我做主。

生命面前,再怎么卑躬屈膝奴颜媚骨都不过分。

大老槐要肉包子活。这就是王道。

有手绢递到眼前,我知道是苏青红。印象中她是一个很温婉的女人,丈夫死于车祸。贺纯良是遗腹子。她一个女人带着儿子艰难度日,靠莫胡方的关系才进了学校食堂洗碗打扫。我亲眼见着她一双嫩白的手如何渐渐不堪入目。

有那么一段时间,贺纯良为了彰显他在同龄人中超然脱俗的智慧,经常会提一些让我呕血三升痛不欲生的问题。

比如,为什么奥特曼一定要在最后三分钟才使大绝招?

比如,你觉不觉得《哈利路亚》和《爱我中华》有种微妙的情愫?

再比如,莫晓槐你相不相信,如果我是龙的传人,你肯定是恐龙族的传人!

我不知道。我才觉得。我不信。

哲学老师说,量变产生质变。不过很显然,6岁的贺纯良一点也不明白。

终于有一天,在他一定要让我选出七个小矮人中最喜欢哪一个的时候,我忍无可忍用手伸进他的嘴巴,把那颗松动摇晃却迟迟不肯落掉的大门牙拔了下来,扔进了阴沟洞。

贺纯良的哭叫声惊动了整排筒子楼,六点十分,昏黄灯火,万家炊烟。他一张白皙诱人的脸哭得像要爆血管,满嘴鲜血瞪着我。事后我被莫胡方狠狠揍了一顿。苏青红却是很感激,说替她了结了一桩心头大事。

贺纯良总说我一点也不仗义。小时候,问莫胡方我是从哪儿来的,莫胡方一指楼下那个垃圾桶说,那儿捡的。于是我很伤心,拎着一个小板凳坐在垃圾桶旁边,希望爸爸妈妈赶紧领我回去。贺纯良不明所以,每天都拿一包旺仔小馒头和我一起边吃边等。又有一天,他也拎着一个小板凳,哭着告诉我,苏青红说他也是捡来的。

不知道为什么,听他这么说,我一点也不伤心了。

我特别崇拜苏青红。

我真的不是没有想过,我们四个可以成为一家人。当情景剧《家有儿女》红遍各大卫视的时候,我每一集都看得泣不成声。没有人知道我错过了什么。

也许人最大的痛苦不在于你不幸福,而在于你差那么一点儿就幸福了。

深刻得太迟。

Four

第三轮化疗后,贺纯良更像肉包子了。大量的激素使他的身体浮肿。我并不很清楚肾病分几种,事实上关于他的病情我一无所知。他不想让我知道,我亦如是。

苏青红憔悴得很迅速。英雄气短，美人迟暮，自古都是悲壮而无奈的。可惜，她是美人，莫胡方却不是英雄。他要跟蒋文娟结婚。

我答应了，条件是把存折交给我全权保管。那本就是一个父亲为女儿省下的嫁妆。

把钱给苏青红，她淡淡地看着我，眼窝深陷，一脸蜡黄，有老人斑嵌在肌理中，像全麦面包上的核桃。她说，我收下，我会还的。

趁她转身之际，我对着空气做出口型，对不起妈妈。

高三的课程异常紧张。我觉得早上醒来发现自己还活着是一件极其惬意之事。最美的未来是还有未来可期盼，可等待。它牢牢地握在我的手中，不容挑衅，极具威严。

青春真好。

三个月以后，贺纯良病情趋于稳定，出院的那天阳光极好。我没有去接，因为莫胡方结婚了。婚宴十桌，规模不算小。女方家人占了九成，这个城市与我们并不亲近，我们势单力薄，他们无可厚非。莫胡方笑得开怀，前晚特地去小店染了发。虽然我很恶毒地阐述着染发剂对头皮的危害，但终究抵不过新婚妻子一句"我希望你配得起我"。

彩带鞭炮碎了一地，大红喜字贴满楼层。有喜糖，喜蛋。

他们也会踩着满地的幸福进清冷的屋。

我知道贺纯良再也不会带着苏青红拿手的红烧狮子头来我家蹭饭，看陷在裂皮沙发里的莫胡方眯着眼睛，手指捏紧彩票，紧张地盯着屏幕上彩球翻滚，末了，一声叹息，然后我俩对视一笑。

几百年前清朝有个大词人复姓纳兰，在他老婆死后经常对着夕阳想心事,有一天终于悟了,轻描淡写地总结了世人失去以后才知珍惜的劣根性,叫当时只道是寻常。

果然兼具艺术性和写实性。

我曾不止一次深深地慨叹过,为什么人家是岁月如歌,而我就是一杯加了氯化钠的白开水,苍天何其不公。贺纯良一向鄙夷我为赋新词强说愁,他不知道很久以后有一个词专门形容像我这样的人,叫小清新。清雅脱俗,新陈代谢。

三个月前,肉包子已经办理了休学手续。当时在年级内颇为轰动,可是震感很快消失。我告诉他,大家都很忙的,你不要太有失落感。每星期我都会去看他,带着一身的疲惫和一肚子牢骚,他真是我的天然垃圾桶。

而接下去的半年,我们很少见面。因为学业愈发紧张,面对未来人心惶惶。因为我不常在家中,以免和蒋文娟相看两生厌。也因为我实在不知道该怎么去面对苏青红。

或者说,生离死别太过沉重,我以为只要把头别过去,就可以看不见,就可以假装永远不会发生。被现实的车轮轧成的小彩片,承不了大风大浪。

二模结束后,老师把我单独叫去谈话。我的成绩进一本大学不成问题。所以她的目标并不在我。她问我,你知不知道卢文浩和唐琪的事情。

我说,我不知道。

她点了点头,推了推滑下鼻梁的眼镜框,没有再为难我。

这段时间以来,卢文浩和唐琪两人仿佛要弥补这么多年被我搅乱的时光，成天耳鬓厮磨如胶似漆，成绩浩浩荡荡一泻千里，颇有当年荆轲刺秦王一去不回头的决心和气势。

我在教室窗外，目光平静地审视这一对璧人，年轻，朝气，有大把大把的精力去创造明天，有很长很长的时间去长相厮守，可是他们急于求成，透支感情，浪费生命。

那也只好一事无成。卢文浩真可怜，卿本佳人，偏偏要体验一回赔了夫人又折兵的快感。

五年前，卢文浩在校庆表演上弹奏了一曲《童话》，十指翩翩，歌声撩人。13岁的我彻底缴枪投诚。情书写了三十封，谣言满天跑，利用舆论压力榨干美人。

我不知道同一天，同一个舞台，我喜欢的男孩喜欢上一朵穿着小短裙跳《快乐崇拜》的丁香花。

他们彼此骄傲，彼此矜持，自然便宜了我这么个厚脸皮的倒贴货。

贺纯良听完我的自我评价，陷入久久的沉默。就在我以为他也默认的时候，他忽然抬起头看着我的眼睛说，晓槐，你怎么会喜欢他呢？你只是羡慕人家那样光鲜亮丽的青春吧。

一语中的。真是听得我晶晶亮，透心凉。

Five

当我知道贺纯良病情再度反复的消息时，已经是他重新住院的半个月以后。老房子的拆迁计划进行顺利，拿钱的拿钱，拿房的拿房，媳妇熬成婆，拍着胸脯庆幸跟党走。卢文浩和唐琪填好了一张相似度高达百分之九十九的志愿表，都是些不知名的三流学校。陈芬芳又寄来几个包裹，不过我都没拆。

站在病房外，我正使劲搓着脸上的两团肉，脸色红润我喜欢，可以表达一种他乡遇故知的欢快。

可是他在哭。那种类似于小兽嗥叫的哀痛顷刻化为利刀戳入心肺。

书包里带着特地为他买的史铁生文集，刚出炉的毕业照，我的志愿表，和未读的陈芬芳亲笔信。可是两条腿像被灌满了铅，胸腔里的血都化成滴滴水银，向七经八脉汩汩流淌殆尽。从此心门紧闭，关山千里，再无故人。

转身见到苏青红。她说，免疫系统产生故障，就算稳定了这辈子也不能操劳，一个男孩子，还有什么指望。

我知道，这是富人病。只有富人家才能治得起，养一辈子。可是苏青红有什么呢？一个过气女人，在异乡，作异客，无亲无故，一无是处。

从门缝里看进去，他瘦了些，却一眼叫人看出病态的浮肿。听见声响，他突然用被子蒙住头，吼道，滚出去。

我想我从没有见过他哭。我以为贺纯良会陪着我长大，走出昏暗狭窄的筒子楼，参加高考，走进大学，转眼毕业，几年后心甘情愿困在一方小格子内在老板面前装孙子，一起手牵手，或是各自挽着良人佳偶。

我的命运，却不按照我的希冀。既然如此，生亦何欢，死亦何苦。

剧烈的疼痛从心脏向四肢百骸袭来，我几乎真的滚出了病房。

万水千山，一时半霎。

高考进入倒数二十天。一切尘埃落定。生活异常平静。

卢文浩会在课堂上穿小纸条给我，问，你怎么面无表情的？我答，面无表情也是一种表情。

太阳从走廊的一端照到另一端，一天就过去了。橙黄璀璨的光线，缠在桌脚，泛着死气。上海的五月开始闷热潮湿，大家胃口也差，学校领导叮嘱食堂加饭加菜，不知道莫胡方的工作量会不会加大。

贺纯良第二次出院只有我去接。我问，苏阿姨呢？他说，在家打扫。

然后彼此无话。我咳了一声，干笑道，你这次倒没怎么发酵。他说，嗯，你快高考了吧？填的什么学校？我说争取A大吧。

他瞥了我一眼，挖苦道，心高气傲，就你这样，小心跌到二本。

我转过身偷偷翻了他一个白眼。

话匣子渐渐打开，记忆像一串大闸蟹挥舞着大钳子横冲直撞，两个小青年开始无聊泄愤。什么我敲坏他四个溜溜球，刻坏他的典藏版圣斗士星矢卡片，骗他吞了一截大大卷，把他第一名的考试卷子垫桌脚等等，我越听越诧异，这苦大仇深的肉包子太记仇了。

他还偷我的流川枫粘纸贴被他口水沾到的课本呢。

他还用我省吃俭用买下的夜礼服假面海报送给他喜欢的小姑娘呢。

他还在刚学会骑自行车那会儿骑着我栽到沟里去呢。我靠！

然后我俩笑倒在床上，贺纯良把头埋在枕头里，微微颤抖着双肩。

贺纯良,谁不怕死,你有什么可装的。每天一个人哭到深更半夜的是哪个赤佬啊?!

我听到阳光爆裂的声音。

莫晓槐,妈的! 你再吼一句试试。要死的是我不是你,你他妈的再给我吼一句试试!

纯良,生命再卑贱也是有意义的,不可以放弃。不管为了什么,都要活下去。

然后18岁的少年直起身板,一字一句告诉他的女孩,晓槐,这样的人生,我不眷恋的。

我笑,那祝你早死早超生。

Six

从那以后,我一心做最后的考前冲刺,再不想贺纯良一分一毫。

毕业典礼后,各班撤回教室最后狂欢,每个人都上台表演节目。唐琪唱了一支歌,朴树的《那些花儿》,卢文浩在旁弹吉他,场面极煽情。不少同学都低头抹泪。

然后各科老师上台讲话。

光怪陆离,我以为遥不可及的时光已成了纷扰过去。真是一场酣畅淋漓的青春年少,有歌声,有鲜花,有掌声,我恨过,埋怨过,不甘过。可最终,我还是雄赳赳气昂昂地走出了康庄大道。回过头,伏尸百万,流血千里,一将功成万骨枯,只是再无人并肩。

贺纯良说,你忍心负气,绝情断义。以为全世界都欠你,理所应当记恨全世界。不宽容,爱记仇,充其量也就是执著无害。

彼时夜未央，天未亮，我无语反驳，纯粹听戏词。

如今想想，一语成谶。

台上有好看的姑娘唱梁静茹的歌，词写得催泪，可惜不是你，陪我到最后。语毕，贺纯良出现在班级门口，引起万人空巷。

在聚会高潮，贺纯良赶鸭子上架表演特别节目，从头至尾都没有瞧过我一眼。

莫胡方和蒋文娟拿了一大笔拆迁费准备另辟新天地。最近忙着选地段挑房装修。我不知道他们的选择。

恍惚中，天气极热，电风扇吊在天花板咿咿呀呀地转着。有彩带花球，甜甜的奶香气，可乐味，掩盖青春的迟暮。咽泪装欢。

天下无不散的宴席。老话真毒。

贺纯良说，女孩，祝你一生平安喜乐。缓缓鞠躬。掌声四起。

然后扯着他的鸭嗓，弹着他的蹼掌，深情款款地舔着麦克风唱起了一曲老掉牙的欧美情歌，发音极其恶劣，情动处还不忘抖一抖两弯粗犷的"小新"眉，整个场面一片混乱，我原本靠着椅背的熊躯笑得前俯后仰，由于动作实在太过激烈，只听"嘭"一声巨响，教室安静了下来。

我四脚朝天作田鸡状，呆呆地望着天花板，歌声刮过耳蜗，是我最喜欢的《Tonight I Celebrate My Love》，将手摁在心口，想，这真是我听过的最最难听的版本，以后绝对不会再听了。

因为再也听不到更难听的了。那样有气无力，仿佛临死遗言。此生难忘。此声难忘。

可我知道，有一天，当深秋遇见了初冬，猩红的枫叶错失了皑皑的白雪，我还是会将你遗忘的。因那是生命最壮阔的残忍。

亦是最深刻的慈悲。

压轴戏，我走上前台，录音机里放出班得瑞的轻音乐。天时地
利人和。煽情这玩意儿我也会。环视四周，目光瞥到教室角落，贺
纯良发福的身躯和唐琪的小家碧玉相得益彰。另一处，卢文浩沉静
温和地看着我。我回以一笑，内心敬佩，哥们儿你真淡定，脑袋冒绿
光了也不知道。他却仿佛看出我的心思，拿口型对我说，没事。

朝他翻了个白眼。我清了清喉咙，拿着麦克风，说，诗朗诵。

　　一切都已结束，

　　不再藕断丝连。

　　我最后一次拥抱你的双膝，

　　说出令人心碎的话语。

　　一切都已结束，

　　回答我已听见，

　　我不愿再一次将自己欺骗。

　　也许，

　　往事终会将我遗忘，

　　我此生与爱再也无缘。

和着最后一个音符，朗诵结束。四周极静，所有人都凝神闭息，
以一种不可思议的目光盯着我。没错，我念的是俄语。如果不出意
外的话，是极不标准的俄语。

贺纯良一定知道，这是普希金的《往事》。我曾用端正的小楷抄
在他的日记本上。

也许注定都将遗忘。

Seven

我没有考入 A 大。这不重要，因为一个月以后我将要定居美国。

在莫胡方和蒋文娟结婚前夜，我曾告诉他，要他和苏青红结婚，动迁后我们拿房四人一起居住，苏青红拿钱给贺纯良治病。否则，我去美国，我选陈芬芳。

我知道这是不可能的。

莫胡方抱着我哭了，说姑娘你咋能这样。我说，对不起啊老胡，我老是做错事，这次大概最离谱。我去美国，陈芬芳说她会给你一笔钱弥补的，你把这钱给苏阿姨好吗？我不能看着她被逼死。

他用力点点头。

每个人都有每个人的选择，不谄媚权贵，却注定为五斗米折腰。

我没有去看莫胡方的新居，也没有向任何人告别。据说他把我的闺房刷成了粉红色，挂好了玻璃珠子；据说卢文浩和唐琪考入了同一所外地大专，临行前举办了订婚仪式，请了除我以外的所有老同学；据说贺纯良一直在致力于减肥事业，不过丝毫不见起色。

飞机起飞的时候，空姐礼貌地提醒乘客关闭手机。她不知道，我只有一个老款 BP 机，贺纯良也有一个，我们耍过寻呼台的小姐无数无数次，专讲肉麻的情话，恶俗到极致。

把玩着 BP 机上挂着的阿童木吊坠，闭了闭眼，沁出一滴泪。

半个月后，收到莫胡方的来信。蒋文娟怀孕了，这真是让我无比震惊。信的最后写着一行话，我以为隐形眼镜出现问题，特地换上框架镜重新看了一遍——

贺纯良车祸身亡，苏青红将钱归回，离乡。愿一切都好。

人世间悲欢离合易如反掌，看那绿水青山别来无恙。

究竟是我还是你，忍心负气绝情断义。

贺纯良死后，我要么睡觉，要么逛天涯。我在论坛上发了一篇帖子，一石激起千层浪，帖子名字叫《再见，旧时光》，普通读者唏嘘感慨，文艺读者把自己的故事稍作润色也纷纷跟帖，二逼读者……马克。

有时候看着看着就笑得在床上鲤鱼打挺，然后伏地挺尸陷入深深的梦境。

梦境千篇一律，他牵着我的手放风筝，我们奔跑在小草坪上，不远处是一排排筒子楼，高城望断，灯火黄昏。线断了，风筝飘远了，他回过头问，你怎么就这样为我把自己卖掉了？然后我就掉进阴沟洞了，一边哭一边咒挖阴井盖的人买方便面只有调料包。

再再后来我迷上了穿越小说，幻想有一天因为某种奇妙的原因在另一个时空中开始一段狗血的际遇。遇见一个男子，板寸头，桃花眼，棱角分明，剑眉入鬓。无论轻松幽默，还是虐恋情深，我希望能陪他一起老。

跟他说，当我们抬头仰望星空，要相信有无数个你会在不同的空间轴上画地为牢，做不同的事情，爱各色的人。将要相遇，或已分离。

要论概率来算的话，总有能幸福的傻缺。

只是这一个，木已成舟。

190

图书在版编目(CIP)数据

谁曾路过春暖花开/李琬惜著.—上海:上海人
民出版社,2013
ISBN 978 - 7 - 208 - 11971 - 0

Ⅰ.①谁… Ⅱ.①李… Ⅲ.①短篇小说-小说集-中
国-当代 Ⅳ.①I247.7

中国版本图书馆 CIP 数据核字(2013)第 293914 号

出 品 人 邵 敏
总 策 划 臧建民 于建明
执行策划 零杂志
责任编辑 林 岚 陈 蔡
助理编辑 施玉环
技术编辑 克里斯
封面插画 楚 瑜

世纪文睿出品

谁曾路过春暖花开
李琬惜 著

出 版 世纪出版集团 上海人民出版社
(200001 上海福建中路 193 号 www.shsjwr.com)
出 品 世纪出版股份有限公司 上海世纪文睿文化传播分公司
发 行 世纪出版股份有限公司发行中心
印 刷 启东市人民印刷有限公司
开 本 889×1194 毫米 1/32
印 张 6.25
字 数 139,000
版 次 2014 年 4 月第 1 版
印 次 2014 年 4 月第 1 次印刷
I S B N 978 - 7 - 208 - 11971 - 0/ I · 1207
定 价 25.00 元